Si le verre est à moitié vide,
ajoutez de la vodka

DU MÊME AUTEUR

Les crevettes ont le cœur dans la tête, Albin Michel, 2015 ; J'ai lu, 2016.

iLove, Albin Michel, 2018.

MARION MICHAU

Si le verre est à moitié vide, ajoutez de la vodka

À Bertrand,
Mon grand amour,
L'homme qui m'a donné
l'envie d'être deux,
puis trois,
puis quatre.

« L'amour est la réponse, mais en attendant la réponse, le sexe soulève de bonnes questions. »

Woody ALLEN

Préliminaires

Avant de vous asséner mon avis à chaque page, je vais me présenter (que vous n'ayez pas l'impression qu'une inconnue se jette sur vous pour vous postillonner au visage qu'UN FANTASME DOIT RESTER UN FANTASME !).

Je m'appelle Marion. Je ne suis pas très grande, contrairement à ce qu'essaie de me faire croire Christian Louboutin. J'ai les cheveux bouclés et les yeux verts (marron-vert) (surtout marron). J'habite à Paris où j'exerce le méticuleux métier de scripte pour le cinéma. J'ai un architecte dans ma vie. Il s'appelle Adrien. Il a la taille d'un colosse de foire et un humour qui lui donne libre accès à ma culotte depuis maintenant trois ans. J'ai aussi toute une gamme de copines qui va de la jeune maman surmenée à la clubbeuse lubrique. Je n'ai pas encore d'enfant, mais je compte bien m'arrondir avant d'avoir un visage de pomme au four.

En trois mots, je suis heureuse.

D'autant plus heureuse que ça n'a pas toujours été le cas.

Ex-célibataire, j'ai couru seins nus sur le terrain accidenté de l'espoir pendant près de vingt ans. Cette solide expérience en matière d'échecs et d'humiliations, j'aimerais aujourd'hui la partager avec vous.

Sous vos yeux ébahis, je vais tenter de répondre – sans aucun trucage – aux 84 questions que vous vous êtes toujours posées sur l'amour, le sexe et les acras de morue.

1

LE PRINCE CHARMANT

Dans la même catégorie,
on trouve aussi la petite souris,
le Père Noël et les cloches de Pâques.

Faut-il croire
les comédies romantiques ?

Avant de se poser de vraies questions sur l'amour, commençons par tordre le cou aux clichés qu'on nous inocule depuis l'enfance.

Le coup de foudre, ça existe, je l'ai vécu, ça vous tombe dessus, c'est lui et plus aucun autre, l'homme ultime, le simple fait de le regarder vous déclenche un orgasme spontané, c'est comme s'il était inscrit dans votre ADN, vous le voulez dans votre corps, votre vie, votre avenir... Oui, le coup de foudre, ça existe, mais ça ne dure pas. En tout cas, pas forcément.

Voilà le premier mensonge des comédies romantiques. Elles s'arrêtent juste après le premier baiser. Que sont devenus Anna Scott et William Thacker après leur coup de foudre à Notting Hill ? Vous n'allez pas me faire croire que ça dure encore. Une star du grand écran et un petit libraire qui bafouille ? Soyons sérieux... Il a suffi de deux tournages à l'autre bout du monde pour plier l'affaire. Maintenant, c'est lui qui élève leur enfant, aidé par sa meilleure amie paralysée et sa sœur hyperémotive. « Ils se marièrent et eurent beaucoup d'enfers », voilà ce qu'on ne dit jamais dans la *rom com*.

Autres mensonges : on n'embrasse personne sous la pluie (pas au prix que nous a coûté notre brushing), on ne finit pas notre vie avec le connard du second (dans la réalité, l'exaspération et l'amour sont deux sentiments distincts) et on ne boit pas de champagne dans un bain moussant. Très amoureux, on peut boire du champagne, ou se tasser à deux dans une baignoire, mais les deux ensemble, avec de la mousse en plus, jamais.

Et la course qu'on nous sert systématiquement à la fin, quelle arnaque ça aussi. Quand un homme se rend compte qu'en fait, bon sang mais c'est bien sûr, il est amoureux !, il ne court pas, il envoie un texto ou allez, si c'est vraiiiment une révélation, il appelle.

L'autre gros mytho que je me dois de dénoncer, c'est le dossier « Harry et Sally ». On essaie de nous vendre leur histoire comme s'ils étaient destinés l'un à autre. Franchement, on est sûr-sûr qu'il n'y a pas un peu résignation dans leur choix de se mettre ensemble ? Si on pouvait s'épanouir sexuellement et affectivement avec son meilleur ami, ça se serait ébruité depuis le temps.

Mentir sur l'amour, c'est grave, ça fait des générations de frustrées.

Je passe sur le cas « Pretty Woman » (espérons au moins que ça n'a pas encouragé de vocations), en revanche, je suis obligée de m'attarder sur cette

16

histoire de choré en culotte : quand on est seule chez nous, on ne se trémousse jamais en chantant dans une brosse à cheveux (prière de me suivre sur ce mensonge-là).

Pourquoi on ne resterait pas deux semaines avec le Prince Charmant ?

Depuis qu'on est toutes petites donc, on nous le vend comme le mec plus ultra qui va faire ruisseler notre quotidien de lumière. C'est bien simple : celle qui décroche son amour sera heureuse jusqu'à la fin de ses jours (en plus, ça rime, c'est merveilleux). Permettez-moi de douter.

Déjà, le concept est né avec Cendrillon dans les années 1950, époque à laquelle, rappelons-le, les femmes étaient encore réduites à leurs qualités de femelle (machine à plaisir et moule à gosses). Elles ne pouvaient pas travailler sans l'autorisation de leur mari et n'avaient pas le droit d'avorter, à moins de faire appel à une faiseuse d'anges munie d'une aiguille à tricoter. Donc, méfiance. Le Prince Charmant appelle une Princesse Docile. Premier obstacle à notre idylle avec Mister Perfect. Nous, les Cendrillons 2.0, on est tout sauf des « Princesses Dociles ». Il peut nous arriver d'ourler la bouche pour un selfie entre copines, de mettre une robe à paillettes pour le réveillon ou un serre-tête fantaisie qui, avec beaucoup d'imagination, ressemble à un diadème, mais le reste du temps, on est trash, ambitieuses, engagées, et le seul petit animal de compagnie qu'on traîne partout, c'est notre chatte (vous pouvez donc rajouter « vulgaire » à la liste de nos nouvelles qualités). Les Princesses ont tellement évolué qu'en deux phrases, elles le feraient tomber de son canasson, le Prince Charmant.

Mais admettons que je me mette en couple avec lui, l'original, celui livré avec tous ses accessoires : les cheveux brillants, le cheval et le château. Quelles sont mes chances d'être heureuse dans cette gigantesque bâtisse taraudée par les courants d'air ? Avec un homme qui n'a pas assez d'humour pour me vanner sur mon haleine alors que je me réveille d'une nuit de cent ans ? Un mec obsédé par mes pieds, en plus.

Et on en reparle du « Ils se marièrent et eurent beaucoup d'enfants » ? Le mariage, passe encore, mais « beaucoup d'enfants » ?! Rappelons que ça veut dire beaucoup de vergetures, beaucoup de rides, beaucoup de cheveux blancs et très peu de temps pour nous.

Arrêtons de tourner autour du pot : le Prince Charmant est un homme qui n'existe pas, inventé pour des femmes qui n'existent plus.

Peut-on s'affranchir
de l'homme providentiel ?

Il n'existe pas... mais on nous l'a si bien vendu. Peut-on se reprogrammer ? Prenons ma copine Sophie : elle attend l'homme idéal. Pourtant, elle a vécu très longtemps avec un passionné de randonnée qui l'a trompée, quittée, reconquise, retrompée, requittée. A priori, elle devrait avoir perdu ses illusions. Pensez-vous ! Elle attend toujours l'homme qui la guérira de toutes ses névroses ! Le baiser magique qui la fera accéder au bonheur (Bienvenue mademoiselle, posez vos valises, je vous sers une petite coupe en attendant votre première grossesse ?). Sans déconner...

Et il faut voir comme ça la rend exigeante. Un début de bedaine, et c'est la disqualification. Pourtant, elle est loin d'être idiote : elle sait qu'un cœur bat sous les pecs fondus, qu'un cerveau travaille sous la calvitie, seulement on lui a vendu un eldorado avec des cheveux et des abdos, donc elle l'attend. Et pendant ce temps, elle passe les profils Tinder avec une moue dégoûtée, écourte un rendez-vous parce que le mec est arrivé en retard et se morfond puisqu'une fille qui vit bien son célibat, c'est louche.

Pourquoi ? Parce que la société nous rabâche qu'une femme doit être un objet de désir – jeune de préférence – donc quand on n'est pas convenablement aimée, on est priée de se bouger le cul pour que ça change, sinon on se demande à quoi on sert.

Bilan des courses, ma copine est dans une impasse : remédier à ce célibat dégradant en trouvant un homme parfait... qui n'existe pas. Envoyez les Xanax.

Il faudrait qu'elle arrête d'attendre quoi que ce soit. L'amour n'est pas une affaire de géomètre, si on passe le premier rendez-vous à faire des relevés de terrain ou à établir des nivellements, la magie de la rencontre va en prendre un coup, forcément.

Et pendant qu'on y est, rappelons que le célibat n'est pas non plus un banc de touche, c'est une banquette confortable où toutes les expériences sont permises. Qu'elle en profite. Elle finira bien par trouver le mec parfait... pour elle.

Pourquoi *La Reine des neiges* a eu tellement de succès ?

À Noël dernier, *La Reine des neiges* a encore déchaîné la joie au pied des sapins. En voyant ma nièce déballer une robe turquoise d'une kitscherie impardonnable, je me suis promis de regarder ce dessin animé. C'est chose faite : je l'ai emprunté à ma sœur et j'ai bien été obligée de saluer la modernité des messages qu'il adresse aux petites filles.

J'ai été élevée avec *Blanche-Neige*, *La Belle au bois dormant* et *Cendrillon*, du coup, moi aussi je l'ai attendu ce fucking Prince Charmant, désespérément. Comment aurais-je pu faire autrement ? On m'avait bien expliqué que seul le baiser d'un homme pourrait me libérer de ma condition de femme vulnérable. J'ai cru à tout : au mariage éclair, aux enfants, à la vie pleine de rires et de chansons, même aux petits oiseaux qui aident à faire la vaisselle... En grandissant, j'ai eu quelques déconvenues.

Dans *La Reine des neiges*, quand Anna accepte d'épouser Hans, tout le monde lui tombe dessus : on ne peut pas se marier avec un homme qu'on vient de rencontrer ! Enfin un message intéressant ! Le grand amour ne se trouve pas sous le sabot d'un cheval blanc, il se construit avec le temps. Le dessin animé va même plus loin puisque Hans s'avère être arriviste et malveillant. Sous-titre : Mesdemoiselles, prenez garde aux jolis cœurs manipulateurs.

À la fin, c'est Anna elle-même qui lui règle son compte d'un coup de poing. Sous-titre : Vous n'avez pas besoin des hommes pour vous en sortir, ce qui ne vous empêche pas d'en avoir envie, comme le rappelle le baiser final avec Kristoff (bourru, drôle, sexy, j'adore).

Notons aussi que c'est le premier Disney où une femme accède au pouvoir sans pour autant être une sorcière machiavélique et où l'amour entre sœurs est placé au-dessus de l'amour homme-femme. Ça nous change des filles qui se crêpaient le chignon, se déchiraient leurs robes et se disputaient le Prince.

Pour finir, le personnage d'Elsa passe le film à accepter son pouvoir. Sous-titre : Les filles, il ne faut pas avoir peur de votre force, mais apprendre à la maîtriser et à en faire bon usage. En clair : libérez, délivrez vos attributs féminins, de vos fascinantes courbes à votre intuition extralucide.

Il reste encore quelques efforts à faire côté mensurations (les héroïnes donneraient des complexes à Gisèle Bündchen), à part ça, je comprends mieux pourquoi ces deux sœurs courageuses, complexes et puissantes sont devenues les modèles de la nouvelle génération.

2

L'AMOUR-PROPRE

*Prière de laisser cet amour aussi propre
que vous l'avez trouvé en naissant.*

Comment garder
une part de mystère ?

On entre dans l'intimité de certaines filles comme dans le triangle des Bermudes. Avec moi, on est plutôt sur un triangle équilatéral : tous les côtés égaux, aucun mystère. J'ai toujours été fascinée par les filles au sourire de Joconde, qui peuvent sous-entendre un traumatisme sans déballer l'enfance qui va avec, qui savent murmurer « C'est plus compliqué que ça » et changer de sujet, qui acceptent les compliments en baissant humblement les yeux au lieu de dire : « Tu rigoles ? Ça doit être mon jean qui me mincit parce que avec les fêtes, au contraire, j'ai un cul de percheron ! Mate ! »

Phrase suivie d'une claque sur les fesses.

Je leur envie leurs zones d'ombre, leur complexité, leur apparente profondeur, cette aura insaisissable qui flotte autour d'elles comme un parfum capiteux, envoûtant, ultrasensuel. À côté, j'ai l'impression d'être aussi énigmatique qu'une vitrine de charcutier-traiteur. Quand mon mec sort faire des courses, je lui demande de m'acheter des tampons et du shampoing antipelliculaire. Si quelqu'un a le malheur de me dire : « Tu as une jolie peau », je suis du genre à répondre : « C'est parce que je ne picole plus, faut dire qu'à la soirée de Loïc, je me suis vomi dans la bouche. »

C'est comme ça, je n'ai pas le gène du mystère, même avec les copines. Par exemple, je donne le prix de tout ce qu'elles trouvent joli : « Ce manteau ? Je l'ai trouvé dans un vide-greniers. 5 euros. Mon rouge à lèvres ? 3 euros dans un bac en solde chez Sephora. Ce sac ? C'est pas du cuir, hein. Je l'ai acheté dans le métro. 12 euros. Regarde les finitions, c'est collé comme un cadeau de fête des Mères. »

Est-ce par manque de confiance en moi ? Par excès de modestie ? Par souci de transparence ? Quoi qu'il en soit, j'ai presque toujours la repartie rustique, la réaction triviale.

J'aimerais tellement faire un petit hochement de tête entendu quand quelqu'un me parle de *2001, l'Odyssée de l'espace* au lieu de balancer en écarquillant les yeux : « T'as compris quelque chose à ce film, toi ?! »

(Marche aussi pour *Matrix*, *L'Armée des douze singes* et toute l'œuvre de David Lynch.)

Je ne peux plus me contenter de constater, il faut que je bonne-résolutionne ! À partir d'aujourd'hui, j'installe des filtres entre mon cerveau et ma bouche. Le but à long terme est de décrocher

la pancarte « entrée gratuite – parcours fléché »
sur la porte de mon jardin secret.

Vais-je y arriver ?

Le mystère commence ici.

Quelles sont les dix résolutions qu'on devrait toutes prendre ?

Puisque j'en suis aux travaux d'amélioration, je dois aussi de toute urgence :

1. Envoyer un message sans smileys. Si l'expérience est concluante, j'arrête aussi les petits singes et les danseuses de flamenco.

2. Admettre qu'il n'y a aucun lien entre cuisiner et renverser dans une poêle un sachet de risotto surgelé.

3. Ne plus dire « Je fais du sport » parce qu'il m'arrive de courir derrière un bus.

4. Tester une soirée sans série, juste pour voir.

5. Ne plus attendre de laisser tomber mon téléphone dans les toilettes pour penser à faire des sauvegardes.

6. Admettre une bonne fois pour toutes que, dans les friperies, il n'y a que des vêtements mal coupés qui sentent l'antimite.

7. Reconnaître qu'une soirée ne peut pas bien finir si elle commence par trois cocktails.

8. Ne plus attendre que mon mec fasse une remarque pour m'épiler (variante : « Ne plus attendre d'avoir un rendez-vous chez le docteur pour m'épiler », variante avec enfant : « Ne plus attendre d'accompagner mon gamin à la piscine pour m'épiler »).

9. Arrêter de me cacher derrière le fait que les pommes de terre sont des légumes.

10. Cesser d'acheter des trucs « marrants » chez H&M. « Marrant » se trouvant à mi-chemin entre « original » et « ridicule ».

Quelle relation entretient-on avec nos fesses ?

Un matin, Adrien m'a prise dans ses bras alors que j'entrais dans la cuisine, en pyjama, les yeux collés. Il m'a embrassée dans le cou et s'est mis à me malaxer amoureusement les fesses. Quoi de mieux pour revenir à la réalité ? Après lui avoir écrasé un énorme baiser sur le torse, je m'apprêtais à le repousser tout aussi amoureusement pour accéder à la machine à café. Il a alors murmuré :
— J'adore tes grosses fesses.

Comme j'ai bâti toute ma réputation sur mon autodérision, je n'ai pas réagi. J'ai dû sourire, peut-être même rire – j'en suis capable – je ne sais plus, j'étais trop abasourdie de m'être fait kim-kardashier au réveil par l'homme que j'aime.

Des grosses fesses ? Moi ?! Plantureuses, généreuses à la limite, callipyge pour les plus érudits, mais trivialement « grosses »... ?! Sa phrase tremblotait dans ma tête comme du saindoux tiède.

Pendant tout mon petit déjeuner, je l'ai observé par-dessus mon bol. Il allait et venait dans l'appartement en sifflotant. J'en ai conclu qu'il pensait vraiment ce qu'il venait de dire. Pire, il considérait que c'était un fait indiscutable. J'avais deux yeux, des cheveux bouclés et des grosses fesses.

Certaines phrases ne doivent jamais être prononcées en couple. Par exemple, on n'a pas le droit de dire à son mec : « J'adore ton petit zguègue, il est trop mignon. » Je ne comprenais pas qu'une Alerte Vexation ne se soit pas déclenchée dans son cerveau.

Il est parti bosser et je l'ai fait, si, je l'ai fait : j'ai enlevé mon bas de pyjama, ma culotte, je me suis mise dos au miroir et j'ai tourné la tête. Et ben... j'ai des grosses fesses, indubitablement. Elles sont joufflues, légèrement tombantes, elles pèsent lourd dans la main d'un honnête homme et, fait accablant, elles tremblent quand je twerke (car oui, j'ai twerké). De tous les adjectifs qu'Adrien avait à sa disposition, il faut admettre qu'il a choisi le plus proche de la réalité.

Mais finalement, est-ce une révélation ? Petite, mon père et mon frère me disaient en riant que je serais toujours confortablement assise. J'ai passé mon adolescence avec des pulls noués à la taille. J'ai horreur d'acheter des jeans. Pour en dégoter un qui me fait un cul d'enfer, il faut que j'en essaie dix qui me font le cul que j'ai. Rien de nouveau sous le soleil. J'ai de grosses fesses. Le seul truc qui change finalement, c'est que j'ai enfin trouvé l'homme qui les adore au point de me les faire oublier.

Pourquoi faut-il
arrêter les régimes ?

Avant que le regard de mon homme apaise ce complexe, j'ai essayé tous les régimes pour faire fondre cet excédent de bagages : j'ai mangé autant de viande qu'une femme de Cro-Magnon, j'ai bu autant de soupes au chou qu'une vieille Russe édentée, j'ai trié mes aliments par couleurs, par points, par poids, par indices glycémiques, j'ai ingurgité quinze fruits et légumes par jour, j'ai suçoté des glaçons pour me couper l'appétit, j'ai fait mes courses à la pharmacie comme d'autres vont au supermarché, j'ai acheté des ceintures pour m'électrostimuler les abdos et des corsaires pour booster la microcirculation dans mes cuisses, j'ai testé l'hypnose, l'acupuncture, les pilules miracles, le palper-rouler, tout (sauf le sport, parce que bon, quand même, faut pas déconner).

Il suffisait que je relâche mon attention deux-trois jours et je reprenais plus de kilos que j'en avais perdu. Tu penses, c'est bien fait, le corps : on le prive, il en déduit qu'on traverse une période de famine, du coup, dès qu'il peut, il stocke, au cas où.

J'ai fait des trucs qui, aujourd'hui, me paraissent irrationnels : j'allais dîner chez des copains avec un Tupperware de carottes râpées dans mon sac et, les rares fois où je m'autorisais un restau, je ne regardais que les salades-sauce-à-part ou le poisson-vapeur. Je vous laisse imaginer l'impact que ça avait sur ma vie sociale, entre ceux qui ne m'invitaient plus aux soirées raclette et celles qui avaient marre de me voir picorer mes brocolis, alors qu'elles avaient prévu de passer un bon moment avec leur burger-frites, tranquilles, sans culpabiliser.

La culpabilité... Voilà encore une raison de ne plus jamais faire de régime. Il n'y a rien de plus grossissant que la culpabilité. Depuis que je mange ce que je veux, sans me sentir fautive, indigne, répugnante, mon corps me le rend bien : il me prévient quand je n'ai plus faim, j'arrête de manger et je ne prends plus un gramme... où peut-être que si, mais ça ne se voit pas parce que aujourd'hui, je suis bien dans mes baskets (même s'il m'arrive de douter de la pointure, de la couleur et de la marque).

Comment garder son sang-froid pendant les soldes ?

Une fois de plus, cette année, j'ai commencé les soldes d'hiver d'une façon parfaitement névrotique. J'ai ouvert les yeux le mercredi 10 janvier, hurlé « SOOOOOLDES !!! », bondi de mon lit directement dans mes fringues et suis partie ventre à terre vers les grands magasins. Il était 8 heures du matin, autant dire que je me suis écrasée sur les portes fermées comme un ado boutonneux sur le torse d'un videur. **Première leçon** : attendre calmement que les boutiques ouvrent et en profiter pour prendre un solide petit déjeuner. La pratique d'un sport extrême nécessite une bonne alimentation et une tenue adéquate, ce qui m'amène à la **deuxième leçon** : ne pas mettre de bottes. J'ai passé la journée à me contorsionner dans les cabines pour enlever et remettre mes grosses bottes en fourrure. Pendant que j'en suis à l'équipement : toujours privilégier les sacs en bandoulière. Faire les soldes avec une pochette, c'est comme faire de la plongée avec une table en Formica.

Alors que je passais nerveusement d'un rayon à l'autre, affolée par le monde, la quantité d'articles à inspecter et la file qui se formait déjà pour les essayer, j'ai pris ma **troisième leçon** : effectuer un repérage. Je suis sûre que les filles qui balisent le terrain ont une espérance de vie supérieure à la mienne.

Comme je ne suis pas née de la dernière démarque, j'ai quand même réussi à repartir du magasin avec trois belles pièces : un jean ciré rose (**quatrième leçon** : ne prendre que des vêtements qu'on aurait achetés au prix fort), un magnifique pull bleu non soldé (**cinquième leçon** : ne pas s'approcher de cette zone à haut risque signalée par un panneau « nouvelle collection ») et enfin, le même pull en rouge (**sixième leçon** : ne jamais prendre un article en plusieurs coloris).

Après avoir passé la journée dans les magasins, je suis rentrée épuisée, mais fière d'avoir économisé tellement d'argent (**septième leçon** : arrêter de penser que plus on dépense en période de soldes, plus on économise). J'ai sorti mes achats et conclu que je n'avais pas appliqué sur tous « la règle du premier rendez-vous ». **Huitième leçon** : se demander systématiquement si on mettrait ça à un premier rendez-vous. Si la réponse est « Non, je ne me sens pas assez jolie dedans », se demander pourquoi on l'achète. Si c'est pour dormir, il faut arrêter d'acheter sans cesse des trucs-pour-dormir.

Notre vie n'est pas un défilé Victoria's Secret (*obviously*).

Pour finir, j'ai reçu ma **neuvième** et ma **dixième leçon** en essayant de ranger tout ça : s'être préalablement assurée qu'on a encore de la place dans nos placards et n'acheter que ce qui nous manque vraiment (un treizième jean ne pouvant en aucun cas être considéré comme une nécessité vitale).

Pourquoi vaut-il mieux
ne pas faire 1,75 m ?

… se demande furieusement le poney
en regardant passer une licorne.

Je ne suis pas très grande, d'où le nombre de paires de talons qui s'amoncellent dans mon dressing (chacun sa religion). Adolescente, c'était un autre de mes complexes. Partout où j'allais, c'était comme si on venait de faire un lâcher de basketteurs. Je risquais le torticolis dès que je m'adressais à quelqu'un et devais me hisser sur la pointe des pieds pour un baiser. Quand j'ai eu l'âge de porter des talons, ma vie a changé en même temps que ma silhouette. Je n'ai plus jamais envisagé de sortir sans mes boots, mes sandales hautes, mes espadrilles compensées… Ça faisait partie de ma nouvelle identité, comme mon paquet de Lucky et mes boucles que j'avais enfin réussi à domestiquer.

Et puis un jour, je suis devenue copine avec Stella, un mannequin haute couture (preuve que j'ai de l'autodérision). Stella, c'est Naomi Campbell avec des yeux verts. Imaginez ma tête quand elle m'a dit qu'elle galérait avec les mecs (stupeur) à cause de sa taille (sidération). Soit ils étaient plus petits qu'elle et vivaient leur relation comme une revanche, soit ils avaient sa taille et elle devait renoncer aux talons, soit ils étaient beaucoup plus grands et ils ressemblaient à des ogres. Ça m'a fait réfléchir (sonnez hautbois…). S'il y a des inconvénients à être grande, il y a forcément des avantages à être petite !

On vient déjà d'en soulever deux : les hommes et les talons. Mes deux passions, ça commence plutôt bien. Quand je vois mes ex, c'est vrai que la gamme s'étend du S au XXL et ça n'a jamais posé de problème. Quant aux talons, je peux m'offrir des jambes de rêve en chaussant des escarpins de douze centimètres sans que mon mec se sente émasculé. Autres privilèges : je n'ai jamais à me contorsionner pour être bien assise. Classe éco, voiture de sport, auto tamponneuse, je suis tout-terrain. Et je ne dérange personne au cinéma (ça ne pèse pas lourd dans la balance du bonheur, mais ça participe à la bonne humeur générale). Quoi d'autre ? Je peux encore me payer le luxe de traîner dans les rayons ados, ce qui a le double effet de me rajeunir et de me faire gagner de l'argent.

Sinon, je suis bourrée plus vite, je n'ai jamais mal au dos, et sur les photos, je suis toujours au premier rang, en train de rire. Comme on peut difficilement être petite et timide – c'est redondant –, j'ai rapidement développé une nature sociable, joyeuse, extravertie, pour être à la hauteur. Donc merci Mère Nature, cette page annule et remplace toutes les plaintes que je vous ai adressées précédemment.

Petits seins *versus* grosse poitrine, quel est le plus glam' ?

Avec Adrien, la question s'est posée en même temps que son regard sur mes seins la première fois que j'ai enlevé mon soutien-gorge. Il a eu l'air surpris. Voire déçu. Pendant toute notre parade sexuelle, j'étais en talons et en push-up. En me déshabillant, j'ai donc perdu dix centimètres et deux tailles de bonnet. Ça déstabilise, forcément. S'il avait retiré sa moumoute avant de m'embrasser, j'aurais eu un mouvement de recul.

Pourquoi je triche ? Pourquoi je n'assume pas mes petits seins de Bakélite qui s'agitent ? Il y a plein d'avantages à avoir des mininichons. On peut mettre des débardeurs à même la peau, des pulls fluides, n'importe quoi à vrai dire puisque tout tombe avec une élégance très « Charlotte Gainsbourg ». En prime, si on a froid, on a les tétons qui pointent. C'est quand même plus raffiné pour exciter les hommes qu'une paire de big boops qui débordent du décolleté. Et les robes dos nu ! Le bonheur de les enfiler sans devoir se coller ces coques en silicone qui m'évoquent la reconstruction mammaire. En plus, moins les seins sont lourds, moins les mecs sont lourds. Vous avez déjà vu la densité de connerie contenue dans les yeux d'un type qui regarde une poitrine XXL ? D'un coup, il a ses 23 paires de chromosomes entre les cuisses. Et puis, on peut dormir sur le ventre, courir sans ballotter et vieillir sans craindre un glissement de terrain.

Non, franchement, vous qui réglez vos bretelles de soutien-gorge au plus court pour ne pas perdre un millimètre de tour de poitrine, vous qui avez l'impression que la marque de votre maillot est la seule preuve tangible de l'existence de vos seins, vous qui avez constaté qu'ils disparaissent quand vous levez les bras, faites comme moi, posez-vous la question : est-ce que ce n'est pas le moment d'assumer le plat pays qui est le vôtre ? De mon côté, j'ai réfléchi, j'ai réfléchi, j'ai réfléchi et... non, pas moyen que je jette ma collection de soutifs rembourrés.

Maintenant, je reconnais que ça ne doit pas être qu'un manque de seins, ça doit aussi être un manque de confiance en moi. Mon amie Léa est une Happy 85A et elle est aussi rock que sexy (enfin pour l'instant, elle n'est ni rock ni sexy, elle est maman d'un micro-garçon et il ne faut pas lui parler de ses seins mutants qui débordent de ses soutiens-gorge d'allaitement).

Qu'est-ce qu'on dirait
à l'ado qu'on a été ?

Perso, ça donnerait à peu près ça :

« Marion, fais-moi plaisir, arrête de pleurer Quentin Monestier, je viens d'aller voir sur Facebook, il est chauve, ventripotent et il vend des poêles à bois. Ne te fais pas tatouer dans cette arrière-boutique, le mec va te gribouiller un tatouage Malabar que tu mettras dix ans à assumer. Profite de ta jeunesse pour t'habiller n'importe comment. Ce n'est pas à presque 40 ans que tu pourras porter des blousons fluo ou des bottes à paillettes (mais sache que ça te démangera si tu ne te vautres pas dès maintenant dans ta période Madonna). Mets de la mousse dans tes cheveux bouclés et sèche-les au diffuseur, tu ressembles à un mouton laineux. Ne subis pas tes grosses fesses, moule-les dans un jean et remue-les sur *Wannabe* des Spice Girls. Arrête d'en demander trop à l'amour. Comme le travail ou l'amitié, il ne doit combler qu'une partie de ta vie. Attends toujours avant de te plaindre d'un graaaand malheur ou de te réjouir d'une foooor-midable nouvelle, le destin avance masqué, parfois on croit que... »

En même temps, est-ce que j'ai envie qu'elle sache tout ça, la Marion de 18 ans ? Les complexes ne sont-ils pas le carburant de la jeunesse ? Les erreurs ne sont-elles pas le terreau de la sagesse ? J'ai intérêt à ce qu'elle s'en prenne des murs et des murges, à ce qu'elle déconne plantureusement, à ce qu'elle couche avec toutes ses névroses, à ce qu'elle pleure jusqu'à la lie, c'est grâce à elle que je barbote aujourd'hui dans le bonheur, que je sais à peu près qui je suis et ce que je veux, et surtout que je n'ai plus besoin de souffrir pour me sentir exister.

Dans le fond, si je pouvais lui dire quelque chose, ça se résumerait à :

« Merci. »

Pourquoi aime-t-on tellement acheter des chaussures ?

Je l'ai dit, c'est une de mes passions. À ma décharge, je ne suis pas la seule. Il paraît qu'une femme possède en moyenne neuf paires de chaussures. Neuf. C'est quoi cette addiction qui semble provenir du frottement de nos deux chromosomes X ?

Au dernier retour des soldes, j'avais quatre nouvelles boîtes à caser dans mon shoesing déjà au bord de l'indigestion. Impossible de jeter mes vieilles paires, impossible d'arrêter d'en acheter, j'étais face à un problème vieux comme les spartiates : la chaussuromanie.

Ça a commencé dès l'enfance avec Cendrillon (encore elle), puis avec les chaussures de Maman et ça n'a cessé de croître et d'enlaidir. D'accord, mais pourquoi ? Pourquoi collectionne-t-on les Stilettos, les espadrilles, les bottes, les bottines, les tennis, les sandales, les tongs, même les sabots ?

Parce que en acheter est un geste pleinement égoïste qui nous oblige à nous poser et à ne nous occuper que de nous pendant quelques minutes. C'est assez rare pour être fêté. Surtout si l'acheteuse a un nombre d'enfants supérieur ou égal à un. Ensuite, on ne vieillit pas des pieds – du moins pas dans ses soixante premières années – du coup, acheter des chaussures alimente l'illusion que le temps glisse sur nous. Comme on ne grossit pas non plus des orteils, l'achat d'une paire est forcément un bon moment. Si l'essayage déçoit : haussement d'épaules, c'est la faute des chaussures (alors que pour un jean, on soupçonne tout de suite nos fesses).

En bonus, on peut s'offrir le même modèle que Julia Roberts (beaucoup moins vrai pour une robe) et on peut se mentir à soi-même : « Qu'est-ce que 280 € pour une paire que je pourrai porter *toute ma vie* ! » Dit comme ça, c'est presque convaincant… sauf s'il s'agit d'escarpins en léopard avec des talons de douze centimètres qu'on n'est même pas sûre de pouvoir porter *toute une soirée*.

On accumule les paires parce qu'il faut qu'on chausse toutes nos personnalités : de notre moi-ordinaire qui court derrière un bus en sneakers à notre moi-Gremlins qui a bu après minuit et qui s'excite sur le *dance floor* en cuissardes de Wonder Connasse.

De plus, ça nous permet d'être presque aussi grandes que les hommes. Moi, je n'en ai pas vraiment besoin (avachie derrière mon ordi, je suis ma propre patronne, d'ailleurs j'envisage parfois de m'attaquer pour harcèlement moral), mais pour une femme d'affaires, j'imagine que ça a son intérêt de pouvoir regarder les hommes dans les yeux sans avoir à lever la tête. En *body language*, ça doit se traduire par : « Je suis ton égale et je t'emmerde. »

Je laisserai le mot de la fin à Freud : « Le pied est un substitut de phallus chez la femme. » On comprend mieux pourquoi on essaie désespérément d'attirer l'attention sur cette partie de notre corps.

3

SANS VALENTIN

On sous-estime trop souvent le célibat,
cette merveilleuse période où on a tout le temps
de tomber amoureux de soi-même.

Peut-on trouver l'amour
n'importe où ?

Au supermarché aujourd'hui, je me suis rappelé une anecdote qui m'est arrivée avant de rencontrer Adrien. À cette époque, j'étais célibataire au sens dépressif du terme. Ça faisait des mois que j'écumais sans succès les bars, les soirées et les boîtes avec mes copines. J'avais bien eu quelques aventures, mais aucune n'avait fait s'envoler mon taux de dopamine. J'étais donc au rayon frais en train d'hésiter entre une barquette de risotto au poulet et un couscous allégé... quand un mec m'a souri. Sidérée qu'il m'ait vue malgré ma grosse parka, mes cheveux attachés et mon absence de maquillage, je l'ai salué d'un petit mouvement de tête et suis allée me réfugier aux fruits et légumes.

Coup d'œil au-dessus des clémentines. Il est sorti dans l'allée et m'a cherchée du regard. Incroyable... Était-ce un ancien collègue ou un vieux pote de lycée qui serait devenu terriblement séduisant ? Non, son visage ne me disait rien ou plutôt il ne me *rappelait* rien (parce que sinon il me disait carrément). Quand il m'a repérée, j'ai baissé la tête en rougissant (à peu près aussi discret que si j'avais relevé mon pull pour lui montrer mes seins). Cette fois, c'est lui qui a disparu. J'ai mis quelques minutes à le retrouver devant les gâteaux secs. Intimidée, j'ai pris le premier paquet qui me tombait sous la main (des cigarettes russes, super, j'ai dû lui rappeler les dimanches chez sa grand-mère) et j'ai filé droit devant moi en espérant qu'il me piste à son tour. Ça n'a pas manqué. Il est venu me frôler aux surgelés. Je suis repartie en gloussant comme si nous batifolions dans un labyrinthe végétal... et puis, plus rien. Il s'est volatilisé ! J'ai fait mine de flâner de rayon en rayon, en rayon... en rayon... en rayon ?! J'ai compris qu'il était temps que je passe à la caisse quand une cliente m'a demandé un renseignement.

Je suis sortie encore plus seule que j'étais entrée, mais là, joie, il m'attendait devant ! Malgré ses deux gros sacs de courses, je l'ai trouvé vibrant de romantisme. Il m'a demandé s'il pouvait me donner son numéro. Je lui ai répondu « Pourquoi pas ? » alors que je pensais « BIEN SÛR, TU PEUX M'APPELER QUAND TU VEUX, JE FAIS RIEN CE SOIR PAR EXEMPLE !!! ». Il m'a griffonné son 06 sur son ticket de caisse, m'a dit « À bientôt j'espère » et a tourné les talons. Je l'ai regardé partir en serrant le petit bout de papier dans ma main.

Machinalement, je l'ai retourné...

Il avait acheté des couches Pampers Baby Dry... des petits pots Blédina pomme-banane... et des Tampax Compak Regular.

Depuis je continue à croire qu'on peut trouver l'amour partout, je déconseille juste de draguer dans les lieux qui incitent à la surconsommation.

Quel est votre meilleur profil ?

C'est encore ma copine Sophie qui m'a amenée à me poser cette question. En automne dernier, elle est venue sonner chez nous avec le moral dans les Dim Up. Elle sortait d'un apéro entre célibataires exigeants. De son côté, elle exigeait un minimum de romantisme, d'humour et d'affinités. Le mec, lui, semblait n'exiger qu'un minimum de sexe. Elle avait écourté avant que son deuxième verre la conduise dans une énième impasse.

Je lui ai servi un ballon de rouge et elle s'est mise à critiquer les mecs : tous des obsédés, des lâches et des obsédés (tu l'as déjà dit). Je hochais la tête par solidarité féminine, mais pour tout vous dire, je m'ennuyais. À 21 heures, il était déjà minuit en heure ressentie. Comme elle paraissait décidée à passer toute sa colère sur les hommes et toute sa soirée chez nous, je lui ai demandé de me montrer son profil sur site de rencontres.

C'est bien ce que je pensais... Elle ne pouvait pas se faire appeler « surprise_matinale », choisir une photo où elle embrasse l'objectif et espérer sérieusement prendre l'homme de sa vie dans ses filets en résille. On a débattu sur les nuances qui distinguent un profil sexy d'une promesse sexuelle. Elle a fini par changer sa photo et écrire dans sa présentation le très austère « Cherche une relation sérieuse ».

Bien sûr, elle aura beaucoup moins de messages, mais quand on crée son profil sur un site de rencontres, il faut se demander qui on est et surtout avec qui on veut être.

Passé 33 ans,
qui met le plus la pression ?
Le temps ou l'entourage ?

Un jour, Emily Elizabeth Bingham, une journaliste américaine de 33 ans, a posté la photo d'une échographie sur sa page Facebook. Tous ses proches ont poussé un soupir de soulagement : 30 ans passés, voire trépassés, pas d'enfant, ça commençait à sentir la litière pour chat. Heureusement, leurs multiples mises en garde avaient enfin porté leurs fruits. Elle était enceinte, tout rentrait dans l'ordre, ils pouvaient relâcher leur vigilance le temps qu'elle accouche, ensuite, ils lui parleraient du second.

Ses proches ont liké, et tant mieux. Ce message leur était destiné. Il disait en substance :

LÂCHEZ-NOUS LES OVAIRES !

« Nous », c'est toutes les trentenaires à qui on demande sans cesse : « Alooooors c'est pour quand le bébé ?! ». « Nous », c'est ma copine Babeth qui ne veut pas d'enfant et qui doit se justifier (pour ne pas dire s'excuser) encore et encore ; « nous », c'est Sophie qui ne trouve pas de mec et entend ses 40 ans approcher sur la musique des *Dents de la mer* ; « nous », c'est ma copine Léa qui n'a pas aimé être enceinte, mais qui ne pouvait pas le dire sans déclencher une tempête de regards indignés ; « nous », c'est la fille qui vient de faire une fausse couche ou d'apprendre qu'elle est stérile ou que la FIV n'a pas marché et qui n'a pas envie, non vraiment pas merci, d'entendre « Alooooors c'est pour quand le bébé ?! ».

Emily avait trouvé l'échographie sur Google Images. Son coup de gueule, lui, a trouvé un écho dans le monde entier : plus de 40 000 likes et près de 80 000 partages en moins de deux semaines. Apparemment, elle n'est pas la seule à en avoir ras les couettes qu'on lui rappelle que son utérus a une date de péremption. C'est vrai que quand on y pense deux secondes (une suffit), c'est très intrusif comme question. Demande-t-on sans arrêt aux couples à quelle fréquence ils baisent ? Peut-être qu'on devrait, ça leur ferait passer le goût des interros-surprises.

On ne parle plus de bébé aux trentenaires qui n'en ont pas. Faites circuler le mémo. Si elles ont envie d'aborder le sujet, normalement, elles devraient réussir à le faire toutes seules. J'irai plus loin (je suis comme ça, rien ne m'arrête), on cesse aussi de vouloir maquer à tout prix les gens seuls. Ils iraient sans doute mieux s'ils ne ployaient pas à chaque dîner, à chaque fête de famille, à chaque mariage sous des tonnes de réflexions. En plus, on n'est pas tous égaux devant la solitude : certains la fuient, d'autres la cherchent. Donc toi, oui, toi qui es terrorisée par le célibat de tes amis, réfléchis avant de leur présenter ton collègue chauve et chiant.

Que toutes les personnes harcelées par la bienveillance de leurs copines-mamans-mariées se sentent libres de plastifier cette page et de l'aimanter sur leur frigo.

Peut-on sécher un mariage ?

La saison des mariages est une période difficile pour les célibataires. Tout cet amour inaccessible et tout cet alcool à portée de main... Du coup, ma copine Rosalie se demandait si elle pouvait sécher. Hum, délicat.

Quand une personne vous invite à assister au plus beau jour de sa vie, vous pouvez difficilement froncer le nez (Merci, mais je sens que je vais m'emmerder). Du coup, elle a accepté et le regrette. Pourquoi ? **Parce qu'elle n'avait pas de tenue distinguée slash sexy slash à la mode.** La dernière semaine des soldes, elle a donc fini par acheter une robe beige non soldée ainsi que l'étole assortie (deux pièces vouées à moisir dans son dressing). **Parce que ça va l'obliger à écourter ses vacances dans le Sud** et faire cinq heures de train le jour où elle aurait pu bouquiner au bord de la piscine. **Parce qu'il peut pleuvoir** et que cette simple éventualité la démoralise. **Parce qu'elle ne tient pas l'alcool** et qu'au vin d'honneur, elle aura déjà envie de rouler des pelles au serveur. **Parce qu'elle n'a paaaaas de Jules** et qu'elle hait les vieilles morues poudrées qui lui demandent « Et vous, c'est pour quand ? » (si seulement elle pouvait leur retourner la question aux enterrements). **Parce qu'elle a procrastiné le cadeau de mariage** et que le seul truc abordable qu'il restait sur la liste, c'était la lunette de toilettes équipée d'un frein de chute. **Parce qu'elle sera à la table des célibataires** à côté d'une petite grosse qui rigole beaucoup et que le risque qu'il y ait aussi un informaticien est statistiquement énorme. **Parce qu'elle n'a pas l'estomac d'une châtelaine du Moyen Âge :** un repas qui dure plus de quatre heures et comporte plus de six plats devrait être signalé aux associations antigavage. **Parce qu'elle n'est pas photogénique** et que sur tous les clichés officiels, elle paraîtra grasse et endimanchée. **Parce qu'elle est cynique** et qu'un discours trop long et un PowerPoint mal fait ne provoquent chez elle qu'un début d'accablement. **Parce qu'elle n'a pas envie de danser le rock** avec un vieux beau libidineux. **Parce que ça va l'énerver de voir les mariés avec un sourire qui fait trois fois le tour de leur tête.** Un mariage sur deux finissant en divorce, dans le doute, elle estime qu'ils pourraient faire profil bas. Et enfin, PARCE QUE ÇA N'EST TOUJOURS PAS LE SIEN et qu'elle a beau être ceinture noire d'humour, elle commence à trouver ça blessant.

Elle y est allée quand même, bien sûr.

La petite grosse vous embrasse, l'informaticien et le vieux beau libidineux aussi.

Quels sont les signes
que vous ne plaisez pas
à un mec ?

Dans mon autre vie, celle d'avant Adrien, j'ai été accro à un mec qui s'appelait Raphaël. Le soir de notre rencontre, il m'avait fait la complète : drague charmante et baise parfaite. Ça avait suffi à me fidéliser, pas lui, autant vous dire que je prends sur moi pour vous raconter cet épisode de ma vie. Mes copines l'ont vite surnommé RAF (Rien À Foutre), et c'est vrai qu'avec le recul, il présentait tous les signes du mec qui n'était là que pour me sauter, et encore, faute de mieux.

Quand je lui proposais un verre, un restau, un ciné, une expo, une visite guidée (j'ai tout essayé), il mettait en moyenne dix jours ouvrés à me répondre :

dsl trop de boulot
je te rappelle

Ce qu'il faisait... bourré... à 4 heures du matin. Et moi, grosse poire que je suis, je le laissais venir s'écrouler sur mon corps.

Autres indices : ma vie ne l'intéressait pas, mais alors pas du tout. Il aurait vraiment fallu que je croise Obama dans la journée pour qu'il me pose deux questions d'affilée. Et quand on se retrouvait dans un lieu public, il suivait des yeux les jolies filles, relevait ses mails sur son portable, saluait des connaissances, bref, espérait qu'il lui arrive quelque chose d'un peu excitant. En effet, le mec n'en avait RAF de ma gueule. Maintenant, ça me paraît flagrant, mais comme il revenait de temps en temps au point d'eau, j'étais perdue.

Pourtant, vraiment, on ne peut pas dire qu'il me la faisait à l'envers : il restait évasif quand je lui proposais un projet à long terme (pour le lendemain soir) (carrément). Il n'était absolument pas fébrile en ma présence et pas jaloux non plus. Si je lui avais parlé d'un boyfriend potentiel, je suis sûre qu'il m'aurait tapé sur l'épaule (*good for you, bro*).

Et enfin (SuperRAF), le jour où je lui ai demandé de m'aider à déménager, il m'a envoyé le numéro des Déménageurs Bretons.

Si aujourd'hui mon expérience peut servir à quelqu'un, je me dis que je ne me serais pas fait humilier pour rien. Si un homme ne rit pas à vos blagues, ne fait pas le beau en votre présence et ne cherche pas à vous voir par tous les moyens, quittez-le, quittez-le illico, mais sachez qu'il y a un risque qu'il ne s'en rende même pas compte.

Votre célibat serait-il en train de devenir irréversible ?

Rosalie commençait à donner des signes évidents de célibatite incurable. Je me disais ça en cuisinant un pot-au-feu pour mon dîner du lendemain. Elle avait été la première à me confirmer qu'elle viendrait avec plaisir. Premier signe : Rosalie était toujours partante pour passer une soirée en dehors du petit deux-pièces qu'elle avait acheté près de la gare du Nord. Deuxième signe : il y avait encore un an, j'aurais immédiatement invité un pote célibataire. C'était fini. J'avais perdu l'espoir de la maquer. Quand vos copains n'en sont même plus à se demander si vous êtes gay, quand ils ont tout simplement intégré le fait que vous êtes seule, c'est que vous l'êtes depuis trop longtemps.

Un autre détail ne trompait pas : je lui aurais présenté Jude Law, elle aurait froncé le nez en murmurant : « Il perd ses cheveux, non ? » La fameuse exigence des apprenties vieilles filles (je sais de quoi je parle, je suis passée par là, et repassée, et rerepassée en cherchant mon chemin).

Le fait qu'elle soit elle-même une petite rousse potelée ne semblait pas entrer en ligne de compte.

À ma « pot-au-feu party », elle a passé un nouveau cap : elle a affirmé que le couple « réduisait les individus à des automates dépendants et insatisfaits ».

Toc toc.

Qui est là ?

L'aigreur.

Il fallait que je lui parle. J'ai attendu que tout le monde soit parti et qu'Adrien soit couché. Elle a fondu en larmes au bout de cinq minutes, puis m'a fait un état des lieux : à la fin de l'été, sa poilopathe lui souhaitait un bel hiver et lui donnait rendez-vous aux beaux jours pour une épilation/débroussaillage. Quand sa sœur réservait une maison de vacances, elle la casait automatiquement dans la chambre avec ses nièces. Et le pire du pire : il lui arrivait de s'inventer des relations. Pourtant, elle rêvait de relancer la machine, vraiment, mais c'est comme si quelque chose s'était calcifié en elle.

Conclusion : si on reste trop longtemps à faire du gras, seule sur son petit rocher, on finit par voir disparaître à l'horizon jusqu'à son propre désir.

À la fin de la soirée, je l'ai inscrite sur Tinder.

Que penser de la drague géolocalisée ?

J'ai halluciné en découvrant Tinder au-dessus de son épaule. Le nombre de mecs disponibles dans un rayon d'un kilomètre ! Toutes ces années où j'étais célibataire, je crevais de soif dans une usine d'eau minérale !

Le principe est simple : faire défiler les profils des inscrits et « liker » ceux qui nous plaisent. Si deux personnes se « likent » mutuellement, elles peuvent s'envoyer des messages.

Rosalie est rentrée avec son téléphone devant elle, comme un bâton de sourcier. Je l'ai revue quelques semaines plus tard pour faire un bilan.

Les débuts sont grisants. Son téléphone bipait tout le temps, sa vie était en mouvement permanent, elle était de nouveau une ado pendant des grandes vacances en Espagne. Mais très vite, elle est devenue addict. Scotchée à son portable, elle se demandait : « Est-ce que Pierre m'a répondu ? Et Paul ? Et Jack, je le vois demain ou pas ? » Ça, pour en voir, elle en a vu, des mecs, tellement qu'elle a fini par mélanger les confidences. Parfois, elle ne savait même plus lequel elle attendait pour boire un verre. Rosalie ?!

Apparemment, ce qui rend dingue, c'est le choix. Comment accepter qu'un mec ait les dents jaunes, une voix de fausset ou déjà des enfants, alors qu'il y en a des milliers d'autres ?

Elle était exigeante, elle est devenue Frankenstein ! Elle rêve de fabriquer le mec parfait avec les yeux verts de Bertrand, les cheveux de Kader et la bite intrépide de Florian.

Tinder, c'est formidable pour se remettre en selle. À part ça, c'est flippant, non ? Ça y est, on est devenu des produits ? Rosalie a voulu se désinscrire (T'as raison Marion, c'est abject), mais son téléphone a bipé. Florian était dans le quartier ! Je n'ai jamais vu une fille dégainer son poudrier aussi vite. Je l'ai laissée soigner son packaging et je suis retournée auprès de mon Adrien, l'imperfection au masculin... et heureusement. Rappelons que c'est le petit débris entré dans la coquille d'huître qui fait la perle.

Faut-il se méfier d'un mec
qui a une barbe de trois jours ?

OK, la barbe est un outil de séduction ances-
tral et un signe extérieur de testostérone, mais les
filles, ça ne devrait pas nous empêcher de réfléchir
à ce point-là ! Alors que j'étais encore célibataire,
j'ai passé une nuit endiablée au Moog, une boîte
underground de Barcelone. J'avais peur de ne pas
rentrer avec mes espadrilles compensées, c'est dire
comme je connaissais mal l'endroit (j'ai vu un mec
danser en maillot de bain). La faune va du hips-
ter au cracheur de feu. Au rez-de-chaussée, on
se désarticule sur une techno hype, pendant qu'à
l'étage, des grappes de filles hystériques dansent
sur les standards des années 1980. Je suis montée
direct gesticuler sur « Billie Jean ». Mes copines
m'ont suivie. Le DJ avait placardé au-dessus de sa
tête : « *I'M NOT YOU'RE FUCKING IPOD !* » Ça
m'a bien plu ça, d'autant qu'il avait une carrure
de grizzly, des cheveux en bataille et une barbe
de trois jours : tout ce que j'aimais... malheureusement.

Réfléchissez un instant aux mecs qui vous ont fait souffrir ces derniers temps. Ils n'auraient pas tous une barbe de trois jours par hasard ? Si. Vous allez me répondre que l'espèce est en voie de développement, que c'est la mode, qu'aujourd'hui les Jules ont tous du poil au menton... Peut-être, mais le *serial fucker* qui appâte au charme, vous saute et ne vous rappelle jamais, il faut admettre qu'il a souvent une micro-barbasse, non ? Et si.

En même temps, ça s'explique : avec cet artifice pileux, l'homme est monté en gamme. Avant il avait un menton fuyant, des cicatrices d'acné, une tête d'autruchon ou carrément un bec-de-lièvre. Mais ça, c'était avant. Avant que les poils viennent lui viriliser le bas du visage et lui donner cet air solitaire et caractériel dont les femmes raffolent. Du coup, qu'est-ce qu'il fait cet homme nouveau qui, tel Moïse face à la mer, voit s'ouvrir les cuisses des femmes devant lui ? Il en profite ! Et après l'adolescence qu'il a subie, on le comprend ! À l'époque, aucune fille ne voulait l'embrasser, mais toutes attendaient qu'il soit drôle et sympa (c'est un minimum quand on est moche). Nous avons donc un ancien laid humilié par les femmes qui a appris à les faire rire et à les écouter : une machine de guerre.

Verdict : méfiez-vous des barbus... et non, je n'ai pas conclu avec mon DJ. Pourtant j'ai tout donné : j'ai minaudé sur « Kiss », transpiré sur « Flashdance », j'ai même fait une choré avec passage au sol sur « Like a Virgin », mais rien n'a marché. Quand j'ai essayé de lui parler, il m'a même montré le panneau au-dessus de lui et s'en est retourné à sa programmation.

À noter : certains barbus sont vraiment solitaires et caractériels, s'en méfier aussi.

Pourquoi ne faut-il jamais coucher avec son voisin de palier ?

Ma grand-mère m'a toujours dit : « Marie-toi dans ta rue. » J'ajouterai : « Mais pas avec ton voisin de palier. » Pour illustrer mon propos, je vais vous livrer un autre souvenir exhumé de ma période Bridget Bradshaw (autant que ça serve).

Au départ, Wlad c'était LE voisin dont toutes les filles rêvent. Le mec qui adore les comédies romantiques, qui cuisine comme un dieu, qui se passionne pour tes histoires de famille, bref le super pote homo dans un corps d'hétéro ! Et il venait d'emménager à une porte de chez moi ! Cadeau de la vie !

On était tout le temps l'un chez l'autre, alors un soir, je me suis dit : « Tiens, et pourquoi on ne serait pas l'un dans l'autre ? » On s'entendait très bien (et pas seulement parce que les cloisons n'étaient fines dans l'immeuble), je n'aurais jamais à lui mendier un tiroir pour mes culottes, c'était l'idéal !

Je me suis pointée chez lui avec une bonne bouteille. On a bu, on a ri et je l'ai embrassé. Il m'a dévisagée, surpris, puis il m'a plaquée contre le mur. Alors qu'on faisait l'amour, j'ai compris deux choses : il attendait ça depuis longtemps et je n'allais pas pouvoir rester avec lui. Il était aussi maladroit que bien monté... un braquemart phénoménal qui aurait nécessité la pose d'une péridurale (seulement allez trouver un anesthésiste un dimanche à 22 heures). Quand on y pense, c'est dingue que le sexe soit la dernière chose qu'on déballe dans un rendez-vous. C'est comme si on passait devant le notaire et chez Ikea avant de découvrir sa nouvelle maison. J'ai persévéré quelques semaines, mais j'ai dû le quitter (c'était ça ou la vaginoplastie). C'est là que les ennuis ont vraiment commencé.

Il est venu gratter à ma porte tous les soirs. J'ai essayé de le quitter en douceur, puis en force, puis en dolby stéréo. J'ai fini par faire la morte, mettre un casque pour écouter la télé, partir à l'aube sur la pointe des pieds, dîner dehors le plus souvent possible. Il m'a attendue, tapi en embuscade, chez tous les commerçants du quartier. J'ai remis les points sur les *i* à la masse de démolition et il a commencé à me haïr avec passion. Des mois de guerre des nerfs où tous les coups étaient permis, du pot d'œufs de lump renversé dans ma boîte aux lettres au heavy metal jusqu'à 4 heures du matin.

Et puis un jour, je me suis retrouvée dans l'ascenseur collée à lui et une ravissante blonde. Elle riait très fort. J'ai pu constater assez rapidement qu'elle jouissait aussi très fort. Le soir où je me suis vue sauter sur mon lit pour faire grincer les ressorts, je me suis juré de ne plus jamais *jamais* coucher avec mon voisin.

Que faut-il ne surtout pas porter à un premier rendez-vous ?

Sophie vient de vivre une expérience très XXIe siècle : un de ses collègues l'a invitée à dîner. Sophie travaille dans une banque... Elle a accepté par dépit.

Le samedi suivant, elle s'est pointée au restau sans avoir fait le moindre effort. Pull informe et cheveux gras. Le mec l'a scannée des pieds à la tête, s'est levé calmement, lui a expliqué que son apparence en disait long sur son état d'esprit et s'est barré avant qu'elle commande un camembert au four ail et persil.

Ça m'a fait réfléchir, et comme c'est pas si fréquent, j'en fais profiter tout le monde.

À un premier rendez-vous, il ne faut donc pas porter le deuil de sa blanchisseuse : on évite les vêtements repassés du plat de la main. Je me mets à la place du gars, si elle n'a pas pris dix minutes pour enfiler une tenue correcte, elle n'a pas dû prendre une heure pour s'épiler, et elle n'a sûrement pas l'intention de prendre quarante ans pour essayer de le rendre heureux.

Mais pas question non plus de faire péter la robe de soirée et le brushing de Kate Middleton. Se faire belle, c'est l'art de sublimer le naturel en toute discrétion. Perso, je mets un jean qui, l'air de rien, me fait un cul de Brésilienne (disons de Brésilienne charnue) et je l'assortis avec un haut simple, mais efficace. En revanche, je me lâche sur les talons, rares sont les mecs qui s'y intéressent. Un détail qui a son importance : coordonnez les dessous. On n'est jamais à l'abri de coucher le premier soir.

Mais surtout ce qu'on ne doit pas porter à un premier rendez-vous, c'est **la culotte** : on évite d'être trop cassante, même pour avoir l'air cool et détaché. Si on le castre tout de suite, il ne faudra pas s'étonner qu'ensuite, il n'ait pas envie de nous confier son sexe. On ne porte pas non plus **sa croix** parce qu'il n'y a pas moins glamour qu'une fille qui se lamente. Passer le dîner à raconter comment notre ex nous a trompée, puis s'est empressé de nous larguer, ça ne va pas aider. Quand on essaie de vendre quelque chose, on évite de dire que le dernier qui s'en est servi a préféré le rendre (c'est tout pourri, ça marche une fois sur deux, je peux prendre autre chose à la place ?). Pour finir, on ne porte pas non plus **le chapeau** dès que quelque chose déconne dans le rendez-vous. Une fille qui s'excuse toutes les deux secondes parce que le restau est bruyant, les plats trop épicés ou la conversation trop fade, c'est antisexy au possible. Bref, on se fait belle, on porte beau, ça portera ses fruits.

Une célibataire peut-elle manger des acras de morue en soirée ?

Oui, elle peut même se lâcher sur l'aïoli, à la seule condition de rentrer en Uber (cf. les bonbons dans l'accoudoir qui ont créé une nouvelle génération de premiers baisers au Petit Pimousse citron).

4

LE SEXE

Voir modalités au dos du partenaire.

Messieurs, connaissez-vous les secrets pour durer au lit ?

Dans le monde animal, les mâles ne sont pas programmés pour durer pendant l'accouplement. Entre la femelle qui se débat et les autres mâles qui rôdent, les pauvres bougres sont conditionnés pour transmettre la vie en quelques secondes. En raffinant le plaisir, l'homme et la femme ont fait de l'éjaculation précoce un problème, alors que c'est dans la nature de notre espèce.

Je sais. Ça fait réfléchir.

Maintenant que les femmes ont goûté à l'orgasme, ça va être difficile de revenir au coït préhistorique réglé en deux coups de reins. Voici donc quelques astuces pour vous, les hommes, héros de la jouissance moderne !

D'abord, détendez-vous, la moyenne des rapports se situe entre cinq et dix minutes, personne ne vous demande de prouesses priapiques. Je vous déconseille même vivement de pilonner pendant une demi-heure un être qui ne vous a rien fait.

Maintenant, pour ceux qui chiffrent leur performance en nanoseconde, on ne va pas se mentir, ça risque de faire un peu juste. Misez alors sur les préliminaires. Vous n'imaginez pas l'indulgence d'une personne qui a déjà bien frémi pendant les mises en bouche. Ensuite, préférez les petits mouvements, faites des pauses et changez souvent de position, toutes ces respirations vous permettront de relâcher la pression. Je vous recommande également de penser à une vieille dame en couche. Ça devrait vous calmer (du moins, je l'espère). Les plus cultivés listeront les livres de Zola. Marche aussi avec les présidents de la Ve République.

Vous pouvez aussi essayer de ne coucher qu'avec des gens qui vous dégoûtent (je ne vous cache pas que ça a ses inconvénients) ou encore vous dire que vous êtes en train de procréer, devenir papa, fooooooonder une faaaaamille, faire une croix sur vos soirées poker et commencer une collection d'aimants sur le frigo.

J'ai appelé un pote victime de cette petite mort subite. Avec le calme et la précision d'un éjaculopathe, il m'a parlé de pression à effectuer sur l'urètre. Ça m'a paru assez difficile à mettre en pratique sans avoir à hurler : « ATTENDS, ATTENDS, POUSSE-TOI ! » L'idée est de vous refroidir vous, pas votre partenaire.

Pour les filles, un seul conseil : gardez en tête que ce qu'on demande aux hommes n'est pas naturel. À l'avenir, on est donc prié de le demander plus gentiment.

Un fantasme doit-il rester
un fantasme ?

Pour nos grands-mères, fantasmer, c'était comme avoir de l'herpès : on ne s'en vantait pas. Maintenant que c'est assumé, que fait-on de toutes ces envies ? Selon une étude réalisée par des Norvégiens (qui n'ont visiblement que ça à foutre), 49 % des femmes sont même prêtes à passer à l'acte... mais sont-elles aussi prêtes à découvrir que la vraie vie est rarement adaptée à leur fantasme ? Exemple : on pense faire l'amour avec un médecin (un médecin ! la toute-puissance en blouse !) et on se retrouve au lit avec un parvenu égocentrique qui vous baise en coup de vent après avoir manipulé les viscères d'un vieux monsieur (toute ressemblance avec un Clément serait fortuite). La démonstration marche aussi avec les plombiers qui, admettons-le, ont souvent des fins de journée difficiles d'un point de vue olfactif.

Il n'est donc pas recommandé de concrétiser ses fantasmes, mais puisque la moitié des Norvégiennes semblent partantes pour tenter le coup, je vais établir une liste de quelques fantasmes féminins et des risques encourus (ça sera toujours ça de moins à découvrir dépitée, la culotte aux chevilles) :

Faire l'amour avec l'idole de votre adolescence : pourquoi pas, mais méfiance, depuis le temps que vous fantasmez sur lui, il risque d'avoir la peau flasque et d'embrasser mouillé.

Faire l'amour avec un inconnu : le problème majeur, c'est qu'il est difficile de savoir s'il est aussi inconnu des services de police.

Faire l'amour dans un club libertin : attention, la quantité nuit souvent à la qualité. Prévoir la présence d'avocats lippus dont le sexe pointe péniblement sous la bedaine.

Faire l'amour devant un film porno : une expérience à tenter, mais qui risque fort de dynamiter la douce poésie de l'érotisme à un kilomètre à la ronde.

Faire l'amour en tendant l'autre fesse : c'est excellent, une fessée, ça fait circuler le plaisir. Il faut juste vous assurer que, dans le mouvement, votre partenaire ne va pas vous attacher et vous fouetter de toutes ses forces avec sa ceinture.

Faire l'amour devant une caméra : il y a peu de risques que votre *sex tape* finisse sur Internet.

En revanche, avoir la possibilité de revoir l'action à froid ne me paraît pas très judicieux (Tu te souvenais, toi, que je t'avais dit « Vas-y mon cochon » ?!).

Faire l'amour dans un lieu public : c'est excitant de penser que quelqu'un pourrait vous surprendre ? Oui, jusqu'à ce que ce quelqu'un vous surprenne vraiment.

Le fantasme est un mécanisme complexe et délicat. Au cours d'une exposition prolongée à la réalité, on note une détérioration de sa puissance érotique. Maintenant, libre à vous de donner corps à vos désirs secrets, attendez-vous juste à être surprise et rarement dans le bon sens... mais bon, dans « rarement », il y a « parfois ».

Comment savoir
si c'est un bon coup ?

Ne craignez plus de vous retrouver écrabouillée sous un homme qui fait de grands mouvements comme s'il s'entraînait à la brasse coulée. N'ayez plus peur de fixer le mur en rêvant de pouvoir appuyer sur la touche *escape*. Ne redoutez plus la gêne, la maladresse, voire la douleur ; si l'homme qui vous plaît coche au moins deux de ces cases, normalement, il devrait passer le contrôle qualité :

☐ **Il danse comme un dieu**. Je l'ai constaté, un mec qui enflamme *le dance floor* garde, au lit, un grand sens du rythme.

☐ **Il est attentionné**. Votre passé, votre boulot, vos amis… Tout ça n'est pas une foule de détails parasites qui lui barrent l'entrée de votre culotte, non, c'est votre vie et ça l'intéresse. S'il est à l'écoute de votre bouche, il devrait l'être aussi de tout le reste de votre corps.

☐ **Il embrasse bien**. C'est la base. S'il embrasse mal, fuyez (le premier baiser étant, je le rappelle, dissociable de la première levrette).

☐ **Il est sportif** (réservé surtout aux amatrices de performances). Il connaît son corps et n'a pas peur de s'en servir, donc, a priori, il saura enchaîner « la position de la courtisane » et « l'union du tigre » sans mollir, ni vous arracher un téton au passage.

☐ **Il ne craint pas le contact physique**. Si vos mains se frôlent, il ne va pas sursauter ou pire, s'excuser. Au contraire, il a le geste sûr. Par exemple, quand il se penche vers vous, serre votre épaule d'une poigne virile tout en posant ses lèvres sur votre joue, vous ne savez plus très bien s'il vous fait la bise ou s'il a commencé les préliminaires.

☐ **Son regard vous met en valeur**, mieux, il vous sublime. Vous aimeriez l'accrocher au-dessus de votre lavabo pour n'avoir plus que cette image de vous. Perso, je ne jouis jamais aussi fort que quand je me sens désirée.

☐ **Il savoure ce qu'il mange**. Il ne gobe pas son risotto en quatre coups de fourchette avec un mélange d'impatience et de culpabilité. Il déguste, il se délecte, il se régale comme il le fera probablement avec chaque partie de votre petite personne.

☐ **Il est généreux.** S'il dépense sans (trop) compter, tout porte à croire qu'il ne sera pas non plus avare sous la couette. Il n'y a pas plus mauvais coup qu'un radin (j'ai testé aussi, ne me remerciez pas).

Maintenant, pour peu qu'on soit un peu romantique, optimiste ou désespérée, quand le voyant rouge s'est allumé (MAUVAIS COUP ! MAUVAIS COUP ! MAUVAIS COUP !), le plus dur reste de ne pas y aller quand même.

Un couple peut-il se construire malgré une sexualité médiocre ?

L'homme auquel vous pensez coche quatre cases ! *Mazeltov !* Vous pouvez l'embrasser les yeux bandés !

Quoi que...

Par goût du particularisme, notons qu'il existe des combinaisons de peaux qui ne fonctionnent pas. J'ai moi-même traversé une période étrange où je m'ennuyais au lit avec un homme que j'aimais partout ailleurs.

Il avait un charme fou. Accrochée à son bras, la vie était un tourbillon de rires et de paillettes. On sortait tout le temps, et dans les yeux des gens qu'on croisait, je lisais « Quel beau couple ! ». Ça, pour être beaux, on l'était... jusqu'à ce qu'on se retrouve sous la couette. Loin de la fête, nos corps n'avaient rien à se dire. Chacun de nos gestes déclenchait des bruits de succion embarrassants. J'étouffais un gémissement alors qu'il m'écrabouillait de tout son poids. Il grimaçait de douleur quand je tentais de changer de position, et bien

101

sûr on ponctuait cette chorégraphie pachyder-mique de « Pardon », « Excuse-moi », « Pardon », « Non, c'est moi »... Grotesque.

Quand il nous arrivait d'atteindre l'orgasme, c'était uniquement dû à un effort de concentration individuel. Le pire, c'est que l'un comme l'autre, on avait fourni jusque-là des prestations sexuelles d'une grande qualité. La décence interdit malheu-reusement de collecter des témoignages de ses ex, mais on connaissait notre affaire, ça se voyait. Il situait parfaitement mon clitoris et je ne me comportais pas comme un poulpe. Non, on avait un énorme problème de compatibilité, voilà tout.

Au début, je n'ai pas voulu y croire. Je me suis accrochée à m'en blanchir les phalanges à l'idée que les-premières-fois-c'est-jamais-top. Vite, j'ai dû me rendre à l'évidence : mon insatisfaction allait gâter mes autres sentiments si je ne lui en parlais pas. J'ai mis longtemps à le faire, angoissée par la perspective qu'il tombe des nues. Au lieu de ça, il m'est tombé dans les bras. Lui aussi flippait dans son coin. Hahaha, maintenant qu'on en avait parlé, ça allait s'arranger... Haha. Tu parles. On n'a rien pu faire.

Pour répondre à la question, il semblerait donc qu'il existe entre certaines personnes une attirance chimique, animale, et qu'il me paraît très compli-qué de construire une histoire d'amour sans cette mise de départ. Maintenant, pour garder espoir, je vous laisse avec les pensées de Pascal : « Faire que l'amour qu'on aura partagé nous donne l'envie d'aimer. »

Le porno est-il une drogue ?

Si, pour vous, regarder des films X sur Internet n'est plus une occupation marginale, si vous pensez à acheter des boîtes de mouchoirs au supermarché, si vous êtes déjà allé chez votre généraliste avec le sexe en chou- fleur, conséquence douloureuse d'un samedi entier enfermé chez vous, sachez, *my friends*, que vous êtes pornodépendants.

J'ai appris ce terme en faisant des recherches sur Google. On rentrait d'un dîner chez des potes et j'étais – à vous, je peux le dire – choquée. Entre la poire et le fromage, on s'était mis à parler de « Jacquie et Michel », les célèbres trublions du porno francophone (je ne pensais jamais écrire tous ces mots dans la même phrase). On rigolait, on délirait, « Merci qui ? Merci Jacquie et Michel ! » et là, tout à coup, un des mecs nous dit qu'il adore le porno, il passe des heures devant, ça fait partie intégrante de sa vie. Il ne nous appelle pas à l'aide, il ne nous confie pas son plus grand secret sous l'emprise de l'alcool, non, il nous balance ça comme il nous dirait qu'il est fan de SF : le cybersexe, c'est sa passion.

On en est là, donc.

Autour de la table, on ne savait pas trop comment réagir. Dans notre société, on est tenu de parler de sexe comme d'une occupation ludique et réjouissante. Si on exprime la moindre réserve, on passe vite pour une journaliste de *Famille chrétienne*. Pour paraître cool, bien dans sa peau et sexuellement comblé, il faudrait trouver parfaitement normal qu'un mec maqué (sa meuf hochait misérablement la tête à côté de lui, elle aurait tellement préféré qu'il fasse des tours Eiffel en allumettes), un homme maqué, donc, passe le plus clair de son temps libre à se pignoler devant des gens qui font du sexe. Ça vaut aussi pour les célibataires, bien sûr. Dès qu'on sort de la branlette occasionnelle, pour moi, on rentre dans le monde de l'addiction. Ça y est, je l'ai dit (je peux envoyer mon CV au rédacteur en chef de *Famille chrétienne*).

Le porno déclenche une poussée d'adrénaline ainsi qu'une sécrétion de testostérone, d'ocytocine, de dopamine et de sérotonine. On peut donc considérer que c'est une drogue sans tirer les cheveux de personne. Et comme toutes les drogues, pour continuer à en sentir les effets, il faut soit augmenter les doses, soit chercher une excitation plus forte (amis de la double péné bonjour). Ça isole, ça rend la réalité accablante, ça profane l'image des femmes, ça intoxique psychiquement et vous ne pouvez pas vous en défaire du jour au lendemain, même si ça fait souffrir les gens autour de vous. À consommer donc avec la plus grande modération.

C'était mon conseil.

Merci qui ? Merci Marion.

No zob in job ? Vraiment ?

Cet été, j'ai autorisé Sophie à parler boulot autour de la piscine, alors que je vous rappelle qu'elle bosse dans une banque. C'est dire comme le dossier était croustillant.

Depuis des mois, elle fantasmait sur un collègue. À chaque dîner de louves, elle nous bassinait avec ça. Frédéric par-ci, Frédéric par-là, Frédéric partout sauf dans son lit et ça la rendait dingue. On avait beau lui dire qu'il est formellement interdit de braconner sur son lieu de travail... Parle toujours, tu me passionnes... Elle a profité d'un pot de départ alcoolisé pour coucher avec lui dans les toilettes du deuxième étage. Classe. Ça commençait très fort.

Célibataires tous les deux, ils auraient pu se voir en dehors des heures de travail. Ils ont préféré pimenter leurs trente-cinq heures de rencontres clandestines. Ils se sont vite rendu compte que leur entreprise n'avait pas été conçue comme un baisodrome : la moquette grattait, les sièges tournaient, les ascenseurs s'arrêtaient à tous les étages et il y avait tellement de caméras qu'ils craignaient de finir sur naughtyoffice.com.

Tous les matins, elle se pointait dans des tenues de plus en plus affriolantes. Tout ça pour passer des virements ? Ça jasait à la machine à café. Nadine, la langue vipérine de l'accueil, a commencé à les surveiller (trente-cinq heures, c'est long pour tout le monde). Le jour où elle les a vus descendre dans la réserve en plein après-midi, la réputation de Sophie était faite : la petite blonde était du genre à être payée pendant qu'elle faisait l'amour. Ce grossier raccourci a fait le tour du bureau. Les amants devaient prendre une décision avant qu'on leur jette des agrafeuses. Ils ont commencé à se fréquenter à l'extérieur, donc à dîner en tête à tête et à baiser à l'horizontale. Sophie a vite eu l'impression de rapporter du travail à la maison.

Elle a profité d'un week-end prolongé pour le quitter, espérant que trois jours suffiraient pour tasser l'affaire. Trois mois plus tard, il la ratatinait toujours du regard (les joies de l'*open space*).

Bilan, avant de partir bosser, on range sa libido dans son dressing, entre ses talons et ses robes rouge tapin.

Que vaut-il mieux éviter au lit ?

Plein de choses. Comme garder ses chaussettes ou ignorer toutes les parties du corps de l'autre qui ne sont pas sexuello-sexuelles (prière de s'aventurer hors des zones érogènes) ou encore mordre, injurier, frapper sans s'être renseigné au préalable sur les goûts – et dégoûts – de votre partenaire. Je pense aussi à ces mecs qui m'ont appuyé sur la tête pour me signifier que l'heure de la pipe avait sonné (il faut absolument arrêter de faire ça) ou à ceux qui croient que le plaisir est dans la durée (en une heure, ils ont fait plus de dégâts sur ma flore vaginale que dix jours d'antibiotiques). Bref, il y a des tas de trucs à éviter. Aujourd'hui, je peux me vanter d'avoir fait le pire (au moins, de ce côté-là, je suis tranquille, je ne peux que progresser), et le soir de la Saint-Valentin (histoire de me laisser aucune chance de m'en sortir).

J'étais au lit avec Adrien. Tout allait bien. On venait de s'offrir des préliminaires tout à fait captivants. On était passés en seconde sans à-coups : lui en moi, moi sur lui, lui derrière, moi dessous, bref tout ça était très naturel, le plaisir montait avec une évidence quasi masturbatoire, quand soudain, la boulette. Au lieu de me limiter aux gémissements (un peu monotones, d'accord, mais passe-partout), je me suis mise à parler. Oh, je ne me suis pas lancée dans un grand discours, non, deux mots ont suffi à me crucifier : « Ouiiii ! Beeen ! »… « Ben » étant le prénom du seul ex avec qui je suis restée longtemps. J'aurais pu le soupirer, mais non, tant qu'à faire, je l'ai hurlé (et allez, à la bonne franquette). Le silence qui a suivi n'en a été que plus retentissant.

Le sexe d'Adrien a encore fonctionné quelques coups de reins, puis il s'est mis à ramollir et rapetisser jusqu'à n'être plus qu'une gêne entre nous. Temps mort dans l'action. C'est là que je lui ai affirmé que c'était une excellente nouvelle, en fait ! Si, si ! Son prénom ressortait parce qu'Adrien avait pris sa place dans ma tête ! Enfin ! Avec Ben, je voyais les enfants, le pavillon en meulière, le teckel appelé Tati… et maintenant, je voyais tout ça avec Adrien ! Il m'a demandé de ne pas en faire trop quand même (champagne pendant que j'y étais), mais il a recommencé à me faire l'amour, preuve qu'il achetait un peu ma thèse paradoxale.

Au lit, on parle ou pas ?

Du coup... La question se pose. Au lit, on parle ou pas ? Dans les films, si les acteurs parlent pendant les scènes d'amour, c'est presque toujours le signe que vous regardez un porno... Bizarre, non ?

Cet été, on a loué un grand mas provençal à plusieurs. À peine arrivée, ma copine Stella a posé sa valise dans sa chambre, enfilé son maillot, piqué une tête dans la piscine, enroulé dans un paréo son corps ahurissant de mannequin Chanel, trempé ses lèvres dans un verre de rosé et allumé une Vogue. Vacances, j'oublie tout... sauf Édouard. Elle a attaqué le dossier direct.

Ils s'étaient rencontrés à un vernissage début juin. Elle n'avait pas eu le coup de foudre, mais alors pas du tout, même pas une petite décharge électrostatique. C'était un vieux grincheux, la cinquantaine, chercheur au CNRS. Il lui avait parlé de la fission des atomes et elle avait fait mine de s'intéresser, flattée qu'il la croie capable de tenir ce genre de discussion.

Quelques jours plus tard, il lui avait envoyé un article sur « les applications industrielles de la physique nucléaire » accompagné d'une invitation à dîner. Elle avait accepté. Depuis son adolescence, son corps lui faisait de l'ombre. Pour une fois que son cerveau semblait peser plus lourd que ses seins, ça valait le coup d'approfondir.

Le repas avait été sans surprise : morne. Pourtant (mystères du célibat), ils ont couché ensemble. Autour de la piscine, on s'attendait tous au récit d'une baise-pot-au-feu. Pas du tout ! Au lit, Édouard rime avec Hussard ! Injures et gestes brusques ! Pour Stella, ça a été la révélation : on pouvait parler en sexant ! Ça l'a follement excitée !

Bon, le problème, c'est qu'il a continué à parler aussi en dehors du lit, et que la fission des atomes a fini par diviser aussi leurs rares atomes crochus. Elle l'a quitté avant qu'il ne la largue. Son ego aurait mis des mois à s'en remettre. Elle veut bien passer pour la belle mais pas pour la bête, l'idiote, la gourdasse.

Pour en revenir aux bavardages sexuels, nos mecs ont tous déserté la discussion. Du coup, on a pu se lâcher. Certaines pensent que le silence est plus érotique, mais d'autres adooorent ! Elles trouvent que les mots ajoutent un plaisir cérébral, planant, profond. Sans ça, on jouit chacun dans son coin. Babeth nous a même expliqué qu'en pleine action, elle chuchotait des fantasmes aux hommes. C'est vrai que ça motive et ça peut guider aussi (un GPS étant parfois nécessaire pour trouver le clitoris) (c'est ça ou le piercing).

112

Maintenant, quelques suggestions pratiques : **ne vous forcez pas** ou vous aurez vite l'air d'une hardeuse qui joue comme une casserole, **éloignez-vous** au maximum du commentateur sportif, **modifiez** un peu votre voix (on ne dit pas « Baise-moi bien » sur le même ton que « T'as rappelé ta mère ? ») et enfin, pourquoi ne pas **tenter** un « Je t'aime » en pleine montée, on n'y pense pas, mais ça doit faire son effet (attention, conseil non testé) ?

Est-ce si formidable que ça, un *sex-friend* ?

Prenez le sexe (désir, va-et-vient, plaisir), ensuite prenez un pote (confidences et saucisson), mélangez. Qu'est-ce que ça donne ? Un *sex-friend*. Vous voyez de quoi je parle ? Et bah pas moi. Je n'en ai jamais eu.

Je suis sortie avec des copains évidemment, mais chaque fois, j'ai espéré que notre amitié se réincarne en histoire d'amour. J'ai remis le couvert avec des ex (le temps de me rappeler pourquoi je les avais quittés), mais des amants réguliers sans attache affective, je n'en ai jamais eu, ja-mais !

Quand je l'ai dit à mes copines, elles m'ont regardée avec un peu de compassion. J'étais donc la dernière connasse à sous-exploiter mes potes. C'est vrai, quand on y pense, quelle idée de boire une bière et d'aller au cinéma quand on peut passer la soirée à multijouir ?

Je leur ai demandé si ça ne basculait pas forcément dans la *love story*. Apparemment non, il faut juste bien le choisir. Voici la recette (notée

« facile » sur Marmiton) : **prendre un mec qui fait divinement l'amour** (dans *sex-friend*, il y a surtout *sex*), **opter pour un modèle dispo et célibataire** (l'idée étant de s'amuser entre amis, pas de divertir un homme marié), **s'interdire le moindre sentiment** (visiblement, on n'a même pas le droit d'attendre un petit texto le lendemain), **ne le présenter à personne et arrêter de le voir dès qu'on a rencontré quelqu'un** parce que, c'est scientifiquement prouvé, coucher avec lui, c'est tromper (même s'il est invisible pour l'entourage).

Au risque de passer pour une petite-sœur-des-Culs-Serrés, j'ai demandé l'intérêt du *sex-friend*.

Blanc dans la conversation.

L'intérêt ? On n'a jamais vu personne discuter avec son gode, si ? En plus, le *sex-friend* peut te faire des tas de compliments. Comme cette relation ne va officiellement nulle part, il n'a pas peur que tu confondes « Tu es jolie ce matin » et « Tu es la femme de ma vie, épouse-moi ». En plus, ça permet de s'entraîner entre deux vraies histoires. Moi, par exemple, je suis une lécheuse d'oreilles lamentable, ça tourne tout de suite à la vidange. Si j'avais eu un *sex-friend*, peut-être que... Non, je me connais, j'aurais beau maintenir mon émotivité en résidence surveillée : on baise bien ? On se marre bien ? Je signe où ?

Où vaut-il mieux conclure ?
Chez lui ou chez soi ?

Sophie m'appelle juste avant son troisième rendez-vous avec Arnaud, journaliste sportif, divorcé, père de deux enfants. Ils s'envoient plein de messages, ont « hâte d'être à mardi », bref, tout indique qu'ils vont coucher ensemble. Elle se demande où. Il n'a pas ses enfants cette semaine, les deux terrains sont donc libres.

— Qu'est-ce que tu me conseilles ? Je vais chez lui ou je l'invite chez moi ?

Je n'ai pas d'avis tranché sur le sujet.

Dormir chez lui présente l'avantage énorme de pouvoir fuir à tout moment. Allez vous débarrasser d'un sadomasochiste assoiffé de plaisir quand il est nu dans votre salon. En revanche, s'il est chez lui, occupé à enfiler sa cagoule en latex, elle pourra se carapater plus facilement.

Découcher lui permettrait aussi :

1. De n'avoir rien à ranger le lendemain (rappelons que deux corps furieusement attirés l'un par

l'autre, c'est comme un perroquet lâché dans un magasin de santons).

2. De découvrir son appartement, sa déco, le nombre de photos de son ex-femme.

En même temps, s'il habite un deux-pièces miteux où il essaie péniblement de redémarrer sa vie en mode sans échec, elle risque de descendre de son petit nuage à la vitesse d'une caille à l'ouverture de la chasse.

Chez elle, au moins, c'est sans surprise (donc sans mauvaise surprise) : elle sait où se trouvent les préservatifs et le déo pour une retouche fraîcheur. En plus, personne ne pourra débarquer à l'improviste. Ni ses potes, ni ses enfants, ni sa mère (à ce stade de la relation, tout était encore possible, surtout le pire). Petit bonus : pour aller chercher son verre d'eau postorgasmique, elle pourra se déplacer dans le noir sans se fracturer le tibia sur la table basse. Et puis je suis sûre qu'elle a passé l'après-midi à faire le ménage. Je la vois même disposer l'air de rien des bouquins de philo près du lit, ça serait con que ça ne serve pas.

— Invite-le chez toi, plutôt.

— OK. Merci Marion, tu es vraiment une amie irremplaçable, et belle en plus. Tu sais que tu me fais de plus en plus penser à Julia Roberts* ?

Elle était partie pour suivre mon conseil, mais il l'a devancée... et heureusement. En buvant une

---

* Une partie de ce dialogue a été fantasmée par l'auteure.

coupe de champagne dans son canapé au design vintage, face à une grande affiche de Pierrot le Fou, elle s'est dit qu'il avait tout le temps de découvrir son deux-pièces miteux.

Les filles couchent-elles toujours pour de bonnes raisons ?

Babeth a couché pour une tasse de café. Elle s'en est défendue au dernier dîner de louves, mais les faits sont là : elle a couché pour neuf centilitres de Volluto. Elle sortait d'un restau à l'autre bout de Paris après un dîner raté, il était tard, il faisait froid, pourtant quand le mec lui a proposé de monter chez lui, elle s'est dit : « Mouais... pffff... en même temps j'ai plus de café pour demain matin. » Honteux ? Pas tant que ça.

Depuis qu'on s'est libéré sexuellement, avouons que ça peut être pire : on peut coucher simplement parce qu'on s'ennuie (ça fera toujours plus de souvenirs qu'une soirée *Grey's Anatomy*) ou parce qu'on a trop bu (passé une certaine heure, tous les chats sont gris et tous les mecs sont beaux) ou parce qu'on est en vacances et qu'on a perdu les clés de notre cerveau. On peut aussi coucher parce qu'on n'a pas confiance en soi (je lui plais donc un peu) ou parce qu'on a trop confiance (le pauvre, il n'a rien et j'ai tout, je peux quand même faire ça pour lui).

On s'est toutes mises à réfléchir à la pire raison qui nous avait conduites à « le faire » comme on disait quand on croyait encore que le sexe était indissociable de l'amour.

Léa nous a avoué qu'elle avait écarté les cuisses juste parce que toutes ses copines trouvaient le mec canon. Babeth a reconnu qu'une fois, elle a enlevé sa culotte uniquement par souci de cohérence (elle venait de passer sa soirée à danser comme une chagasse et parler de cul en riant très fort). Sophie, elle, s'est fait coincer par naïveté : quand son pote Marc lui a demandé de dormir dans son lit parce qu'il n'avait pas le courage de rentrer, elle croyait encore sincèrement à l'amitié homme-femme. Nadia, ce serait plutôt par optimisme : elle avait investi tellement d'espoir dans cette histoire qu'à l'instar d'un quinze tonnes lancé à pleine allure, elle n'a pas réussi à s'arrêter avant de s'allonger. Quant à moi, j'ai compris que ces dernières années, je couchais systématiquement au premier rendez-vous, comme si c'était une figure imposée, comme si en acceptant une invitation à dîner, je donnais implicitement mon accord pour une prestation sexuelle... ?!

Maintenant que je suis en couple, je me pose une question : et si les filles se remettaient un peu à attendre, pas le mariage, non, mais le temps nécessaire à coucher juste parce qu'elles en ont une furieuse envie ?

Comment savoir
si une fille simule ?

Ça part rarement d'une mauvaise intention, les filles ne simulent pas par méchanceté (Hé hé, j'vais bien le pigeonner, ce blaireau), elles préféreraient décrocher la cocotte chaque fois, mais il arrive qu'il ne se passe rien, rien de rien. Soit l'autre est maladroit, et dans ce cas, l'idée est de ne pas le blesser, et accessoirement, d'en finir plus vite (on stimule plus qu'on ne simule). Soit on est fatigué, on n'a pas envie, on a la tête ailleurs, et du coup, on en rajoute un peu pour ne pas gâcher la fête.

Occasionnellement, ça n'a aucune importance. C'est quand ça devient récurrent que ça peut poser problème. Alors, listons ensemble les signes révélateurs pour essayer d'endiguer le phénomène.

Si elle se met déjà à hurler alors que vous êtes encore en train d'enlever votre boxer, vous êtes vraisemblablement en présence d'une simulatrice. Si elle vous pose ensuite des questions précises pendant la cavalcade, genre : « C'est toi qui as rangé le cuit-vapeur ? Impossible de remettre la main dessus », ça se confirme. D'accord, les femmes savent faire deux choses en même temps, mais là, non. On peut raisonnablement penser qu'elle ne s'intéresse qu'à une des deux (et je pencherais pour le cuit-vapeur).

Si elle se recoiffe tout le temps, sourit comme une Miss France et vous fait changer de position parce que vous n'avez pas son meilleur profil, ce n'est pas bon signe non plus. Face à une fille qui jouit, on est plus près de la guerre du feu que d'un shooting pour *Vogue*. Son cœur bat vite, son pouls s'accélère, ses pupilles se dilatent, ses muscles se tendent, des rougeurs apparaissent sur son visage, elle est sur le point d'imploser, elle n'a pas le temps de se demander si elle est jolie. Ne faites donc aucune confiance à une fille qui au bord de l'« orgasme » vous dit : « Ça va ma coiffure ? Oui-oh-oui. C'est pas trop plat ? C'est-bon-oui-c'est-bon. Dis-moi, hein, je peux aller me donner un coup de brosse. »

Pour finir, la jouissance déclenche la sécrétion d'endomorphine. Une femme qui vient d'avoir un orgasme est dans un état second, droguée au plaisir. Si elle jacasse, se plaint que vous ne la câlinez pas ou revient sur le cuit-vapeur, elle n'a pas joui, c'est sûr... Il faut donc recommencer en s'appliquant plus d'un côté... et en s'impliquant plus de l'autre.

5

L'AMOUR

Amour, nom masculin :
forme de folie acceptée par la société.

La loi de Murphy s'applique-t-elle à l'amour ?

Rappel de la loi : « Tout ce qui est susceptible de mal tourner tournera nécessairement mal. »

Un certain Florent baladait Rosalie depuis trois mois. Comprenons-nous bien, il ne la baladait pas dans les rues de Venise en sifflotant *C'est comme ça que je t'aime* de Mike Brant, il la baladait en multipliant les signaux contradictoires. Il pouvait, par exemple, l'inviter à dîner en haut de la tour Eiffel, rire pendant tout le repas, évoquer leur mariage... et ne plus donner de nouvelles pendant quinze jours. Deux suffocantes semaines de messages sans réponses.

La première fois, Rosalie a cru (pour ne pas dire « espéré ») qu'il était mort. Pas du tout. Il est revenu la bouche en cœur, lui a joué un petit air de pipeau et c'est reparti pour un tour... jusqu'au prochain silence. Elle a essayé de lui en parler, mais il a esquivé avec une habileté de matador. Elle pouvait le charger tête baissée avec de la fumée qui lui sortait des naseaux, il ajustait parfaitement le déplacement de son leurre et le lendemain, ils étaient encore ensemble... Stupéfiant.

Au dernier dîner de louves, Roz' est arrivée défaite, cinq jours qu'il était à nouveau porté disparu. On a décidé d'agir. Qui était vraiment ce mec ? Avait-il une double vie ? Une double personnalité ? Ordinateur ! On l'a googlisé pendant une heure sans rien trouver. Pourtant, on était quatre filles lancées comme des frelons.

Pas une ligne, ni sur les réseaux sociaux ni au ministère des Transports où il était censé travailler. Il n'existait pas. C'est Léa qui a eu l'idée de changer l'orthographe de son nom de famille, et là, la terre a tremblé sous nos boots : Florian Germinot n'existe pas, mais Florent Germinaux a une femme et deux filles à Caen et il travaille dans une société qui vend du consommable informatique. Je revois Rosalie fixer une photo de lui et de sa petite famille dans une crêperie. Trois mois qu'elle couchait avec un inconnu... Après un brainstorming, elle lui a envoyé « Je vous quitte monsieur Florian GERMINEAU ».

Coup de corne fatal. On n'a plus jamais entendu parler du torero.

Murphy 1 – Le romantisme 0

Un mec qui disparaît pendant deux semaines ?! Par quel mystère de la psyché a-t-elle continué à y croire ? À force de fixer éperdument son avenir, on oublie de regarder son présent.

Maintenant que je suis en couple, je tourne en rond sur les sujets « routine et libido ». Je tiens à remercier publiquement mes amies qui ont repris le flambeau du célibat. Je les regarde tomber, se relever, courir, s'arrêter haletantes pour soigner leurs plaies et repartir bille en tête. Confortablement installée dans ma petite vie, je leur tends une bouteille de vodka dès qu'elles passent à ma hauteur.

J'admire, je compatis, et surtout je prends des notes.

Pourquoi se marie-t-on encore ?

Il y a deux ans, Adrien m'a demandée en mariage, tout bourré au pied du Sacré-Cœur. J'étais excitée comme un labrador à qui on vient d'envoyer une balle. Dès le lendemain, je suis revenue vers mon futur mari, en remuant la queue, des propositions plein la gueule : une cérémonie en petit comité ou en grande pompe ? Au printemps ou en été ? À Paris ou en bord de mer ? J'en étais même à étudier les mérites comparés du poisson et de la viande en plat de résistance (sur reussirmonmariage.com, kikounette56 conseillait la viande). Adrien a hoché la tête, c'était passionnant, on allait y réfléchir, puis il a lancé un épisode de *Transparent* et on est passés à autre chose. Enfin surtout lui.

Un mois plus tard, rien n'avait bougé. De mon côté, impossible de remettre le génie dans la bouteille.

Il ne m'avait même pas offert de bague de fiançailles (j'en étais à espérer un opercule de canette de bière). Dès que j'abordais le sujet, il prenait un air concerné, se tenait le menton, les yeux plissés (Prends-moi pour une conne), et puis un soir, j'ai eu mon explication : ses parents étaient des soixante-huitards naturistes. Ils lui avaient répété toute son enfance que le mariage était une prison pour le couple. Notre amour n'avait rien fait, il ne méritait pas d'être enfermé dans une institution. Il s'est excusé de m'avoir fait miroiter ce rêve de petite fille, peut-être qu'un jour, quand on aurait trois enfants (Ah bon, on allait avoir trois enfants ?) il aurait une furieuse envie de me baguer comme une poule fermière, mais là, il ne voulait pas changer une virgule de notre bonheur.

Il s'est cru autorisé à rajouter :

— J'ai l'honneur de ne pas te demander ta main, ne gravons pas nos noms au bas d'un parchemin.

Mon amour pour Georges Brassens a ses limites.

J'ai tiré la gueule, tapé des pieds, boudé dans mon coin, chouiné aux dîners de louves, je me suis indignée, j'ai tout remis en cause... et puis j'ai réfléchi.

Le mariage, ça ne fait pas un peu « IIIe République » quand on y pense ? Ragoût, soupière et Maurice Chevalier. Qui a encore besoin de ce rite de passage à l'âge adulte ?

Aujourd'hui, on a le droit de quitter le nid pour se poser dans un petit studio et vivre une période de célibat expérimental (qui nous met du plomb dans l'aile, mais aussi dans la cervelle). On peut coucher le premier soir si le corps nous en dit, s'installer ensemble aux premiers tressaillements de complicité, faire des enfants sur un coup de cœur et tout ça, sans être obligé de passer par la case mairie, église, synagogue, temple, mosquée… Alors pourquoi s'obstine-t-on, surtout quand on voit combien de mariages terminent menottés entre deux avocats ?

En plus, on commence par demander la main et ça finit immanquablement par coûter un bras. Impossible de « faire simple » quand on réunit jusqu'à cinq générations. Pour satisfaire tout le monde, de la tante acariâtre aux potes fêtards, il faut sortir le champagne, les tournedos grillés, la sauce aux morilles, la piste de danse, le DJ, les baby-sitters… En moins de temps qu'il n'en a fallu pour dire « oui », on se retrouve à casser son petit cochon au marteau-pilon.

Et la préparation ! C'est le détonateur d'un millier de prises de tête ! Non, sérieusement, pourquoi s'infliger ça ? Ceux qui le font pour les cadeaux, la belle robe, la méga-fête ou le voyage de noces me paraissent aussi sensés que le mec qui fait un enfant juste pour l'orgasme. Pour les impôts ? Le PACS suffit et il a le bon goût d'être indolore (je sais de quoi je parle, on s'est pacsés entre midi et deux, j'avais les cheveux sales). Pour fonder une famille ? Pas besoin. Pour rassurer mémé ? Pour se jurer devant témoins fidélité et persévérance ? Pour avoir un projet commun ? POURQUOI ?!

J'ai demandé à Léa, ma seule copine-madame. Au risque de ne surprendre personne, elle m'a répondu « par amour ». J'ai trouvé ça « bièvre » (à mi-chemin entre beau et mièvre). Par amour…

Dans le fond, depuis que le mariage n'est plus une nécessité, mais un choix, peut-être qu'il n'a jamais été aussi pertinent.

Penser à en parler à Adrien.

Comment fête-t-on l'amour
dans le monde ?

Il ne veut pas être mon mari, certes, mais à part ça, Adrien multiplie les attentions pour rester mon mec. Pour la Saint-Valentin, j'ai même eu droit à des petits chocolats en forme de cœur. En recevant la boîte, je me suis demandé si la France avait le monopole du romantisme dégoulinant.

Rassurez-vous, d'autres pays fêtent les amoureux. La mondialisation permet aussi de partager les coutumes ridicules, ça entretient l'illusion d'être un peu moins seuls (pour être claire, j'ai choisi ce sujet juste pour pouvoir écrire une fois « mondialisation » dans un de mes livres).

Je commencerai par les **Finlandais** qui méritent un premier prix de muflerie : pour célébrer l'amour, ils organisent une fois par an des Championnats de port de femmes. Le mari court en portant sa femme dans l'espoir de gagner son poids en bière. Entre la pauvre Marjaarna qui doit donc se peser en public et le gros Erno qui n'a pas fini de pisser ces 64 litres de binouze, je suis sûre que les Finlandaises attendent ce jour avec impatience.

Partons maintenant à **Taïwan** où, le 7 juillet, on offre des fleurs. Classique ? Pas tant que ça quand on sait que là-bas, 108 fleurs équivalent à une demande en mariage. Prenons une minute pour Shin-Mu qui, chaque cette année, compte fébrilement le nombre de boutons de rose dans le bouquet de Cheng.

Restons en Asie avec le **Japon** où, le 14 février, le plaisir d'offrir est réservé aux femmes. Elles sont priées d'acheter du chocolat à leur homme, mais aussi à leurs collègues, leur patron, leurs frères, leurs cousins, leurs potes, bref, à tout leur entourage masculin. Le 14 mars, les Japonais contre-attaquent (leurs cadeaux doivent être blancs et trois fois plus chers que ceux qu'ils ont reçus, sortez les calculatrices). Le 14 avril, c'est la revanche des célib' qui se regroupent pour manger des nouilles (tu parles d'une revanche).

Au **Danemark**, le Marshmallow Day, l'homme envoie une carte à son amoureuse en la signant d'autant de points qu'il y a de lettres dans son prénom. L'année dernière, Pia qui jonglait depuis quelques mois entre Hans et Jens s'est donc retrouvée avec une demande en mariage signée de quatre points et un problème à résoudre en urgence.

En **Lituanie**, où visiblement, il est d'usage de faire n'importe quoi, on colle des stickers sur le visage et les vêtements de ses amis.

Au **Congo** qui, rappelons-le, est un pays polygame, Léonce galère pour ne vexer ni Mholie, ni Prisca, ni (surtout) Darlène qui n'est pas réputée pour son calme.

Voilà, c'était donc une page sur la mondialisation (et de deux) du sentimentalisme. On me dit dans l'oreillette que dans certains pays, il est interdit de fêter la Saint-Valentin. À l'avenir, je vais donc essayer de mettre un éteignoir sur mon cynisme (*pchiiiiit*), sourire et boire mon champagne tant qu'il est frais.

Quel Valentin serez-vous
cette année ?

Interdit... Vous vous rendez compte ? (La fille qui découvre à presque 40 ans que la planète n'est pas un gigantesque parc d'attractions) (je rigole bien sûr, je sais depuis longtemps que la planète est divisée) (pour ou contre la pizza ananas). En attendant, cette histoire d'interdiction, ça donne envie de s'investir un peu plus, non ? Pour les hommes qui n'ont pas l'habitude de repasser une chemise, de réserver une table ou de cacher un cadeau dans leur tiroir à caleçons, voici quatre costumes que vous pourrez enfiler à la prochaine Saint-Valentin.

Ne prenez pas à la légère cette date anniversaire, le 14 février est comme le témoin d'usure qu'on trouve sur les pneus (j'adapte mes métaphores), elle permet de vérifier l'état de vos sentiments. Si vous roulez avec des sentiments usés, vous risquez de partir dans le décor à la première engueulade.

La surprise peut venir d'elle bien sûr, mais si elle ne vous a rien dit, c'est probablement qu'elle attend que ça surgisse de vous. Donc, messieurs, on se retrousse les manches et on choisit une de ces quatre tenues :

Un costume pour un dîner en amoureux : vous ne révolutionnerez pas l'histoire de la Saint-Valentin de la Rome antique à nos jours, mais ça n'a aucune importance. L'idée est de prendre un peu de temps pour vous regarder dans les yeux et vous offrir des trucs qui ne font rire que vous. En somme, faire une petite piqûre de rappel pour optimiser les défenses immunitaires de votre couple.

Un string comestible pour une soirée sexuellement insolite : la Saint-Valentin est un match qui peut se jouer à domicile, seulement il ne doit pas se réduire à deux pauvres passes. Il faut au moins avoir préparé le dîner, acheté une babiole et prévu de faire quelques séries « 69-missionnaire-levrette ».

Une parka bien chaude pour une virée « Nouvelle Vague » : celui qui prendra sa voiture et emmènera sa Valentine chabadabader au bord de la mer touchera du même coup son amoureuse, ses copines et sa mère (marche moins bien pour ceux qui habitent à moins de dix kilomètres d'une plage).

Un jean propre et un pull neuf pour une séance de ciné : ça peut paraître un peu ado comme Saint-Valentin, mais le concept même de l'amour n'est-il pas adulescent ? Inutile de préciser que vous irez plutôt voir *Âmes sœurs* que *Âme damnée, la vengeance des zombies*.

Allez, courage, rappelez-vous qu'il n'y a pas d'amour, il n'y a que des épreuves d'amour.

Le bonheur est-il vraiment dans le pré ?

Alors que j'avais 28 ans (autant dire hier), je suis tombée follement amoureuse d'un Sylvain. On venait de se rencontrer dans une boîte de vacances. Éliminatoire ? Pas à cette époque. Avoir des bébés n'était pas encore un objectif à court terme, j'avais donc le temps de donner sa chance à un outsider. Et Dieu sait que Sylvain ne partait pas favori. Premièrement, il habitait à 600 kilomètres de chez moi, deuxièmement, il vivait en rase campagne, troisièmement, il venait de reprendre la ferme de ses parents, une exploitation laitière qui produisait 400 000 litres par an, soit 1 100 litres par jour, l'équivalent de 650 camemberts.

À vrai dire, je n'ai pas compris tout de suite qu'on allait avoir un souci de compatibilité. L'idée de changer radicalement de vie devait me paraître romanesque ou (plus probable) j'étais aveuglée par ses abdos qui valaient toutes les plaquettes d'anti-dépresseurs.

Enlacés sur le sable estival, on s'est mis à rêver. Il allait me construire une serre pour que je me lance dans la culture du safran et me filer une parcelle pour que j'élève des autruches. On allait bosser dur, mais je nous voyais déjà dans un champ, main dans la main, au soleil couchant, moi en salopette sexy, lui en débardeur, mâchouillant un brin de paille (envoyez *You're Beautiful* de James Blunt).

Plus les copines riaient, plus j'y croyais. Toi, en talons dans la bouse ? Ah ah ah ! Connasses. C'était ma grande histoire d'amour et j'étais tout à fait équipée pour la vivre. Elles ne m'avaient pas vue aider mon père à rentrer le bois dans notre maison de campagne !

C'est dans cet état d'esprit que je suis partie en week-end chez lui. Quand son réveil a sonné avant le chant du coq, j'ai froncé les sourcils. Je voulais lui montrer que je n'étais pas la dernière pour nettoyer les auges, je me suis donc levée avec lui et j'ai sauté dans les petites bottes Marc Jacobs achetées pour l'occasion. En une matinée, j'ai appris à préparer la salle de traite, rentrer les vaches, les « tirer », leur donner à manger, « repousser les bâches aux silos », nettoyer les « logettes » et les « repailler ». J'ai surtout appris que ça n'allait pas être possible.

C'est un merveilleux métier, vraiment, je ne dis pas ça du bout des lèvres. Pour l'exercer, il faut être courageux, travailleur et équilibré. Outre le fait que je manquais de toutes ces qualités, j'étais

une fille des villes, pas une belle des champs, définitivement.

Le dimanche matin, quand son réveil s'est remis
en marche, je savais qu'il sonnait la fin de notre
histoire.

Sort-on toujours
avec la même personne ?

Avant Adrien, j'ai donc eu pas mal d'histoires (je dis ça sans me vanter, elles ont toutes mal fini). En apparence, tout était différent : sa tête, ses potes, sa famille... Seulement quelque chose se ressemblait terriblement : l'histoire en elle-même.

Au commencement était la passion. Il me trouvait parfaite et je l'excusais de tout, ensuite venaient ses sautes d'humeur, de plus en plus nombreuses et de moins en moins justifiées. Je m'enfonçais alors à vitesse constante dans un cauchemar ménager, émaillé d'instants magiques qui me redonnaient la force d'y croire.

On dit que l'espoir fait vivre, mais on ne précise jamais dans quelles conditions. Je finissais recroquevillée dans un coin de ma vie en n'aspirant plus qu'à une chose : souffrir le moins possible. C'est en général le moment où les copines arrivaient à m'ouvrir les yeux au pied de biche. Je le quittais dans un bain de larmes. Un an passait, parfois deux, parfois cinq, et puis « même joueur joue encore », je repartais pour une nouvelle partie avec le même genre de joueur.

En somme, je me suis longtemps spécialisée dans les connards (on est beaucoup dans ce cas, on devrait monter un syndicat), mais, pour autant, je n'ai pas inventé la spirale de l'échec amoureux. J'ai plein de potes (tous sexes et sexualités confondus) qui sont en boucle : passion-enfer-rupture-passion-enfer-rupture.

J'en connais un qui ne sort qu'avec des filles jalouses, une qui ne fait que dans le fils à maman, une autre qui enchaîne les mecs à problèmes (enfance pourrie, adolescence suicidaire et minimum deux rendez-vous psy par semaine). Et aventure après aventure, ils se plaignent des mêmes impossibilités.

Réfléchissons : quel est le dénominateur commun de toutes nos histoires pourries ?

…

Nous-mêmes.

Croyez bien que ça me fait mal de l'écrire.

Cela dit, c'est plutôt une bonne nouvelle : si on est aux commandes, on peut changer le cap.

…

Mais comment ?

…

Et bah en apprenant à s'aimer soi-même.

Je ne vois que ça. Alors seulement on pourra faire confiance à nos propres choix (le temps que la psychothérapie commence à porter ses fruits, prière de laisser les copines assurer l'intérim).

Est-ce compliqué
de sortir avec un mec
qui a déjà des enfants ?

Ça y est, Sophie est officiellement en couple avec Arnaud... qui a donc deux enfants. Ça se banalise, oui, mais est-ce que ça se simplifie ? Pas vraiment.

Une histoire de seconde main, c'est un monstre à plusieurs têtes. Quand Sophie coupe celle de l'ex-femme, celles des enfants repoussent direct derrière. Leur couple progresse si lentement que certains jours, on pourrait les croire séparés... Sophie commence à produire des concessions en série. Normal, elle n'est pas celle avec qui il s'est marié devant sa famille et tous ses potes, elle n'est pas non plus la mère de ses enfants, elle est juste « la nouvelle radasse de mon père », comme le lui a gentiment fait remarquer Jade, 14 ans (gothique en pleine crise identitaire). Dans ces conditions, en effet, « il ne manquerait plus qu'elle s'impose », comme aime à le lui faire ressentir l'ex-femme, une fausse blonde avec un pif improbable qui

travaille dans le prêt-à-porter, et que très officiellement, on déteste.

Évidemment, il existe des hommes à tête de
Bisounours, des ex avec des soleils dessinés sur
le ventre et des gamins avec des arcs-en-ciel. Des
familles recomposées qui respirent l'amour et la
fantaisie, on en connaît tous. Mais la plupart du
temps, on ne va pas se jouer *Carmen* à la flûte
champêtre, c'est chaud. Sophie en est le plus parfait exemple. Entre son boulot et ses enfants, son
mec accumule les « imprévus ».

Quand il la plante au dernier moment pour finir
un dossier, elle peut ne pas lui envoyer de textos
pendant quarante-huit heures (tarif net conseillé).
Ce n'est pas grand-chose, mais elle marque le
coup. Seulement, quand ça concerne ses enfants,
comment peut-elle réagir sans passer pour une
garce ? Une fois, elle a tenté un micro « t'abuses ».
Il lui a répété en durcissant le ton que son fils
avait une double otite, 39 de fièvre et que si elle
ne comprenait pas qu'il reste à son chevet plutôt
que de le refourguer à une baby-sitter, ça allait
devenir compliqué entre eux.

« Compliqué », on y revient. Elle a très bien saisi
le problème, tous les problèmes, mais avec trois
annulations en un mois, leur relation commençait à sentir le pâté de lapin. Il y a quand même
un minimum à fournir pour qu'une aventure se
métamorphose en histoire d'amour.

Peut-on vraiment aimer
à distance ?

Avec Adrien, ça ronronne. Comme un chat bien-heureux ou comme un vieux moteur, selon les jours. Et ça ne fait que trois ans… Ça promet… Loin des yeux, loin du cœur ? On est sûr de ça ? Le proverbe à broder sur un coussin, ça ne serait pas plutôt : « Près des yeux, loin du cœur » ?

Je me suis posé la question samedi dernier en voyant Stella quitter une soirée à 23 heures. 23 heures ?! Et sans le moindre regret ! Elle nous a embrassées, a enfilé son manteau et s'est vola-tilisée. C'est comme ça depuis qu'elle sort avec Finn, américain de son état (l'État de New York pour être précise) qu'elle a rencontré en défilant à la Fashion Week. Qu'a-t-il de plus que les autres pour qu'elle accepte qu'un océan les sépare ? En tout cas, on sait ce qu'il a de moins : six heures.

Quand elle a refermé la porte derrière elle, on a toutes levé les yeux au ciel. Quelle idée de quitter une soirée aussi délicieuse pour aller skyper son mec ? Mais dans le fond, on se demandait toutes pourquoi après déjà plusieurs mois, cette relation était comme un buisson ardent : elle brûlait sans se consumer.

J'ai appelé Stella le lendemain pour savoir si oui ou non, elle avait découvert le secret de l'amour éternel. Elle a commencé par me vendre du rêve : elle avait tous les avantages du couple sans aucun des inconvénients. Avec Internet, ils se voyaient aussi souvent qu'ils le voulaient (il fallait l'entendre parler de cybersexe, c'était à se demander pourquoi on continuait à le faire comme de vulgaires bonobos). Ils ne s'engueulaient jamais pour savoir qui devait passer l'aspirateur. Elle ne portait des nuisettes que pour l'appeler et ne rangeait que le coin de son appartement qu'il pouvait voir. Le reste du temps, elle traînait dans son bordel, sans jamais avoir à baisser la lunette des toilettes, ramasser ses caleçons ou prendre sa pomme de douche pour dépoiler le fond de sa baignoire. Quand ils se voyaient, ils étaient tellement heureux et détendus que tout était drôle et sexy. La tristesse des adieux se diluait vite dans le plaisir de retrouver sa liberté.

— Et la jalousie ? lui ai-je demandé (tentée de noircir le tableau).

Inexistante, trop incompatible avec le concept. Et habiter ensemble, faire des enfants ? Elle a changé de sujet. Apparemment, on peut donc aimer à distance. Pour construire, ça devient plus technique.

À quoi reconnaît-on
qu'un homme est amoureux ?

Sophie ne savait plus quoi penser de son divorcé-père-de-famille : est-ce qu'il l'aimait ? De son côté, ça ne faisait aucun doute. Elle n'avait même jamais ressenti ça. Une moule fascinée par son rocher. Du coup, il fallait qu'elle sache. Pas question qu'elle continue à s'investir sans garantie. Pas simple.

Elle nous a exposé son problème alors qu'on transpirait toutes au hammam. Est-ce qu'il l'aimait ? L'espace de quelques secondes, on s'est trouvées démunies. On ne les avait jamais vus ensemble, on ne le connaissait même pas. C'était très difficile de dire s'il était fou d'amour pour elle ou s'il ne la voyait que pour aérer son zboub.

(Au mot « zboub », une femme qu'on ne connaissait pas s'est levée et a quitté la salle pleine de vapeur.)

Heureusement, l'Amour, c'est comme la grippe : y'a des symptômes. On s'est mises à lui poser des questions extrêmement précises.

— C'est quoi le dernier film que vous avez vu au ciné ?

— Une comédie romantique.

Ça commençait bien, mieux en tout cas que si elle nous avait dit *Transformers : l'heure de l'extinction*. D'entrée de jeu, on sentait le mec prêt à faire des efforts.

— Est-ce qu'il continue à te poser des lapins ?

— Non, plus jamais depuis notre engueulade sur le sujet.

Parfait.

Une des meilleures questions nous est venue de Babeth (grosse pertinence en matière de mecs) :

— Est-ce qu'il met les fringues que tu lui offres ?

— Heu... oui. Je lui ai offert une chemise... et il la met.

Alors là, ça se précisait. La dernière fois qu'il avait laissé quelqu'un acheter ses vêtements, c'était sûrement sa mère...

— Ou son ex-femme.

— Ou son ex-femme.

... N'empêche, on commençait à voir le niveau d'envoûtement.

Le reste de l'interrogatoire n'a fait qu'enfoncer les petits mariés sur la pièce montée : il like tout ce qu'elle poste sur Facebook, même ses photos de montagnes (Sophie adore la rando) (et pourtant c'est mon amie). Il répond à tous ses textos, même ceux où il n'y a que des smileys. Il a apparemment une envie irrépressible d'abattre des cloisons dans son appart et d'aller chiner des meubles aux puces. Bref, élémentaire ma chère Sophie : une semaine sur deux et la moitié des vacances scolaires, ce mec est accro.

À la fin de l'apéro, elle avait toujours un père de famille dans sa vie, mais plus du tout d'angoisse. Le lendemain, elle lui a donc dit :

— ... Je t'aime.

Il a répondu :

— C'est marrant.

Réaction en cours d'analyse.

Pourquoi fait-on des enfants ?

En sortant de chez Léa, j'avais autant envie de faire des enfants que de traverser la Corée du Nord en moonwalk. Depuis que Jules est né, sa vie a explosé comme une piñata pleine de couches et de lait en poudre. Il a des « coliques du nourrisson » (comprendre : il pleure en se tortillant comme un ver coupé). Elle passe son temps à lui caresser le ventre d'une main, en cherchant, de l'autre, des solutions sur Internet. Elle est angoissée, épuisée, a perdu son sens de l'humour et sa faculté de finir une phrase. Et attention, elle va mieux, comparé aux premières semaines de Jules ! Léa... Mon insubmersible Léa...

« C'est normal, c'est la première année », me suis-je dit pour me rassurer. Oui, enfin, ne dit-on pas : « Petits enfants, petits problèmes, grands enfants, grands problèmes » ? Si le parpaing qui tombe sur la tête des jeunes parents n'est qu'une poignée de gravillons comparé à la suite (les problèmes à l'école, la crise d'adolescence, les mauvaises fréquentations, le sexe, la drogue, le rock'n'roll, la belle-fille, la crise de la quarantaine, le divorce, les premiers problèmes de santé, le chômage, la crise de la cinquantaine...), pourquoi fait-on des enfants ? Sérieusement ? On n'est pas bien là, décontractées du nombril ?

Tous ceux qui en ont s'accordent à dire que c'est éprouvant, mais merveilleux. Quand on rentre dans le détail, on voit surtout le côté « éprouvant ». Pour soi, pour son couple, pour son travail, pour son épanouissement personnel. On se demande même si, dans la relation parents-enfants, il n'y a pas un peu du syndrome de Stockholm (ce phénomène psychologique observé chez des otages qui finissent par aimer leurs geôliers selon des mécanismes complexes d'identification et de survie). Je n'étais donc plus trop sûre de vouloir affronter ça. Surtout pour risquer d'entendre un jour : « Mon psy affirme que tout est ta faute. » Ironie du sort, c'est le jour où Adrien m'a dit :

— J'aimerais que tu arrêtes la pilule.

— Heu... Ah bon, mais... pour quoi faire ?

— Bah un enfant, patate.

(Patate ?)

Je n'ai même pas fini ma plaquette.

6

LE COUPLE

*Concept qui s'étend de l'union passionnée
au ménage flatulent.*

Peut-on être sexy au quotidien ?

Le vrai défi au jour le jour, c'est qu'on a beau crémer, hydrater, épiler, maquiller le naturel, il revient toujours au galop.

Le mois dernier, Adrien m'a envoyé une photo de moi en train de dormir. J'ai trouvé ça très cruel. Je déjeunais à la maison quand je l'ai reçue. Mon gros visage couperosé bavant sur l'oreille m'a coupé l'appétit. Il avait dû la prendre le matin puisque je portais mon tee-shirt Fonzie... En même temps, je portais ce tee-shirt depuis une semaine... Premier constat de laisser-aller.

J'ai agrandi la photo.

Glurps.

Le bilan était vraiment consternant : points noirs, couronne de frisottis, sourcils en jachère, je m'entendais presque ronfler. Adrien avait peut-être raison de tirer la sonnette d'alarme. Et dire qu'on essayait d'avoir un enfant... À quoi allais-je ressembler quand je n'aurais plus une seconde à moi, Chewbacca ?

Je suis allée dans la salle de bains. À part cette pioute d'Aurore, aucune fille n'est belle quand elle dort. Je me suis plantée devant le miroir (avec un grand sourire pour mettre toutes les chances de mon côté). Morsure de la réalité : je me suis trouvée encore plus laide. J'avais le contour des yeux violacé, le front luisant, les cheveux ternes, deux grosses rides qui mettaient ma bouche entre parenthèses, un bouton sur le menton, et touche finale, j'avais une graine de pavot entre les dents. Misère… J'avais abandonné et ne m'en étais même pas rendu compte.

Le miroir en pied m'a achevée : mon jean jouait de l'accordéon sur mes grosses baskets et ma poitrine disparaissait sous un grand pull mou. J'étais dévastée.

Où était passée la fille pétillante qui avait harponné Adrien ? Si je ne réagissais pas, notre couple allait avoir le destin d'un couteau à beurre et finir à la poubelle. J'ai lâché ce que j'étais en train d'écrire et passé cinq heures à ressusciter mon sex-appeal. Pour ça, j'ai dû aller chercher mon masque à l'argile tout au fond de mon placard de salle de bains, une robe tout au fond de mon dressing et brosser des Free Lance poussiéreuses.

À 19 heures, je ressemblais à une escort pour businessman japonais. Je me suis assise dans le canapé. J'ai astucieusement croisé mes jambes gainées de bas résille. Quand il est rentré, il a cru qu'on attendait du monde. Je lui ai dit que non, que je m'étais faite belle pour lui. Il a eu l'air content, mais pas bouleversé. Il m'a embrassée, puis est allé se chercher une bière. En revenant de la cuisine, il m'a demandé :

— T'as vu la photo que je t'ai envoyée ?

Ah oui, ça, pour l'avoir vue...

Il a alors rajouté cette phrase qui m'a stupéfiée :

— J'adore, je te trouve trop mignonne dessus.

Peut-être qu'il n'y a pas plus sexy que le naturel finalement, MAIS PEUT-ÊTRE PAS ! Dans le doute, je vais rester sur ma lancée.

Comment gérer
le premier « Je t'aime » ?

Hier, Adrien m'a téléphoné pour me rappeler d'acheter de la lessive. Notre panier de linge sale commençait à entrer en activité.

— Pas de problème. Je passe au Franprix et j'arrive.

— OK. Je t'aime.

— Moi aussi je t'aime. Bisou.

Une conversation express au sujet d'une problématique ménagère dans laquelle on a réussi à caser deux fois « Je t'aime ». J'ai souri en repensant à la difficulté que j'ai eue à le démouler la première fois.

Qu'est-ce que j'ai pu me prendre la tête au début de notre relation. Je le regardais dormir, se laver les dents, nous faire des œufs brouillés en slip et je me demandais : « Est-ce que c'est trop tôt pour le dire ? Et si ça le faisait fuir ? Est-ce que ça a encore un sens ? Je l'ai tellement dit. Et puis je lui sors quand ? Maintenant, entre deux gorgées de café ou j'attends le champagne, les chandelles et les pupilles dilatées ? Mieux vaut que ça vienne de lui, non ? Mais dans ce cas, je serais réduite à quoi ? À "moi aussi" ?! »

Quelle horreur... La déclaration de caniche... J'avais enfin trouvé un homme qui ne mesurait pas mon amour à la souffrance qu'il pouvait me faire endurer. Tous les ingrédients étaient réunis :

Humour : *check*.

Affinités : *check*.

Sexe : double *check*.

Compatibilité des copains, des passions, des familles : *check*, *check*, *check*.

Il ne nous manquait plus que ces trois petits mots.

Quoi qu'on en dise, c'est quand même une étape importante. Ce n'est pas encore l'échange des vœux, mais il y a quelque chose de cet ordre : « Je t'aime, tu m'aimes, donc on est bien d'accord, je peux m'investir, m'abandonner, lâcher les dernières peurs qui me protègent, sans risquer de me retrouver seule au beau milieu d'un amour dévasté. » Il y a un contrat dans le premier « Je t'aime ». On ne le formule jamais sans que résonne « Et toi ? » dans le silence qui suit. On espère, on guette la réciprocité.

Nous, c'est enfin sorti après un énorme fou rire. Adrien m'a dit : « Putain, qu'est-ce que je t'aime » en reprenant son souffle. J'ai hoqueté « Moi aussi » en m'essuyant les yeux et là, quelque chose que je n'avais pas trop anticipé s'est produit : vite, très vite, on est entrés dans l'univers des surnoms débiles et des « Je t'aime » automatiques.

166

Mon conseil donc : le laisser venir naturellement, ce « Je t'aime », surtout ne rien précipiter, au contraire, profiter de cette période d'incertitude où l'autre se surpasse pour vous montrer ce qu'il ne peut pas encore vous dire.

Comment se tenir en couple
et en public ?

Peut-être que le couple est le formidable aboutissement de tout individu, mais je remarque qu'il ne l'est pas souvent pour l'entourage.

La semaine dernière, j'ai invité des copains à dîner. J'avais en tête de passer un bon moment (je réunis rarement des gens que je déteste en espérant passer une soirée de merde), puis Marthe et Dario sont arrivés et l'ambiance s'est effondrée d'une seule pièce.

Ils avaient mis une demi-heure à se garer et ce micro-événement semblait avoir fait imploser leur couple. Dario reprochait à Marthe d'avoir insisté pour prendre la voiture (c'est sûr qu'avec des talons comme ça, madame ne peut pas marcher), Marthe accusait Dario d'être une tache en créneaux (quand on cherche une place d'autobus, faut pas s'étonner de tourner). Et toute la soirée, ils se sont vautrés dans le conflit. Elle ne pouvait pas parler sans qu'il soupire, il ne pouvait pas exprimer une opinion sans qu'elle lâche un rire méprisant. Dès que l'un allait fumer, l'autre se mettait à le canarder de reproches. J'avais envie de leur demander : « Mais quelle est donc cette force mystérieuse qui vous oblige à rester ensemble ? » Je me suis retenue. C'est bien le genre à rompre, à t'imposer des tas de soirées Kleenex-coaching, pour finir par se remettre ensemble (autre type de comportement à éviter quand on est en couple. Merci d'avance).

C'est comme ceux qui viennent d'avoir un enfant ! Personne ne les a forcés, pourtant ils ne sortent quasiment plus, ils vivent l'un sur l'autre. Privés de sommeil et de distractions, ils finissent par s'entredévorer.

Remarquez, il y a pire que les alliances nucléaires, il y a les Zamoureux ! Superhéros du quotidien aux sentiments indestructibles ! Ceux qui éclatent de rire en racontant à deux voix des anecdotes soporifiques, dégainent sans prévenir des photos de leurs enfants, se disent tout (même mes secrets), éprouvent la plus grande pitié pour les célibataires à qui ils dispensent des conseils-couple, se surveillent l'un l'autre (tu en as déjà bu deux, mon cœur) et n'ont plus aucune personnalité en dehors du « nous ».

Et ceux qui s'aiment au grand jour sur Facebook (prochaine étape, ils emménagent dans une vitrine de grands magasins) ! Et ceux qui jouent les couples témoins ! Et ceux qui s'embrassent à pleine bouche devant tout le monde ! Et ceux qui entrent dans le détail de leur sexualité épanouie !... Quand on y pense, les seuls couples fréquentables sont ceux qui ne t'infligent pas leur intimité... des couples qui n'ont pas trop l'air de couples, en fait.

Comment réussir sa demande en mariage ?

Babeth m'a raconté une anecdote qui m'a fait beaucoup rire (mauvaise fille que je suis) : l'été dernier, un couple d'amis à elle – que j'appellerai sobrement Jessica et Ludovic – était en train de se dorer la pilule sur une plage près de Biarritz. Pas un nuage à l'horizon, une mer à 26, bref le bonheur sans rien de particulier... jusqu'à ce qu'un petit avion publicitaire les survole. Ludo a commencé par froncer les sourcils, puis s'est redressé, a mis sa main en visière et... c'était bien ça : l'avion traînait derrière lui une banderole « JESS JE T'AIME » !

L'occasion était trop belle, il a sauté dessus (comme on saute sur une mine).

— Regarde, a-t-il dit à sa Jessica en lui montrant le ciel.

Elle a halluciné :

— ... C'est... Whaou... Merci...

Il n'avait jamais rien fait d'aussi beau pour lui prouver son amour (il n'a jamais rien fait du tout d'ailleurs). Elle était au bord des larmes… alors, imaginez sa réaction quand l'avion est repassé dans l'autre sens avec : « VEUX-TU M'ÉPOUSER » ?

Jessica s'est figée, la bouche ouverte. C'est là que Ludovic aurait dû intervenir, pendant ces quelques secondes où elle n'y croyait pas encore. Il a laissé passer sa chance (personne n'est pressé d'avoir l'air d'un connard). Le cœur de Jessica s'est décroché : rires, sanglots, galoches, hystérie, texto à sa mère… C'était foutu. Deux mois plus tard, Babeth recevait leur faire-part. Sur la photo, on distinguait nettement des plaques d'eczéma dans le cou de Ludovic.

La première leçon qu'on pourrait tirer de cette histoire, c'est qu'une bonne demande en mariage doit être intentionnelle. Maintenant, plus ce sera émouvant, plus ce sera réussi. Tout le monde ne peut pas sortir le diamant XXL, en revanche, une belle mise en scène est à la portée de n'importe qui (ceux qui disent que ça risque d'enlever de la sincérité au moment sont généralement des mecs qui n'ont pas envie de s'emmerder). J'ai vu un homme faire vider la patinoire du Rockefeller Center en plein New York, tourner autour de son amoureuse et finir par poser un genou devant elle. Je hoquetais d'émotion, juste en regardant le visage de la fille. J'imagine le bordel que ça devait être dans sa production d'endorphines à elle. Ça a quand même plus de gueule que de balancer, au supermarché, la question entre la poire (en conserve) et le fromage (sous vide) parce que « faudrait voir à payer moins d'impôts l'année prochaine », non ?

Dernier conseil, assurez-vous que votre partenaire n'a rien contre le concept : pour qu'une demande en mariage soit vraiment réussie, il faut avant tout qu'elle soit acceptée.

En couple, la rupture est-elle
une fatalité ?

Assise à la terrasse du café Beaubourg, j'attendais Adrien qui attaquait vaillamment sa vingtième minute de retard. J'avais fini mon verre de sauternes et fumé ma dernière cigarette. Des idées noires commençaient à s'amonceler au-dessus de ma tête. Il me faisait le coup à chaque rendez-vous. J'avais beau prendre mon temps pour venir, je finissais toujours par poireauter comme une oubliée Meetic.

Ça faisait quatre mois qu'on essayait d'avoir un enfant. C'est rien, quatre mois, mais quand on a le nez dessus, chaque règle est un échec sanguinolent. Tout m'énervait, à commencer par lui et son retard. Et puis un couple de petits vieux est passé devant moi. Ils marchaient main dans la main, complices et apaisés, ça m'a émue.

Depuis combien de temps ces deux-là avançaient-ils ensemble ? Cinquante ? Soixante ans ? Et combien de vies avaient-ils traversées ? Leur mariage dans le Paris de Doisneau, leurs enfants qui jouent sur les pavés, le baccalauréat de la petite dernière et puis la retraite, la maladie peut-être... Et ils étaient encore là, prêts à s'infliger la rétrospective César. En les suivant des yeux pendant qu'ils descendaient le parvis à petits pas, je me suis rendu compte qu'au fond de moi, j'espérais rester avec Adrien jusqu'à ce que la mort nous sépare, mariage ou pas mariage, enfant ou pas enfant... mais était-ce encore possible ?

Je ne suis jamais sortie plus de quatre ans avec un mec. Au-delà de cette limite, mon billet n'est plus valable. Est-ce qu'on peut vraiment garder le même homme toute sa vie ? Raccommoder l'histoire après chaque engueulade à une époque où on ne reprise plus rien ? Ne pas être tenté par le premier désir qui passe ? Déjouer la routine et surmonter la lassitude ? Ça paraît tellement plus excitant de changer de mec comme d'iPhone, de découvrir sans cesse de nouveaux corps et décors, de ne pas se résigner, s'encroûter, jamais, vivre vite, beaucoup et avec son temps... Plus excitant... peut-être... Alors pourquoi ai-je l'intuition que la société de consommation mène tous mes rêves à l'abattoir ?

J'ai envie d'ériger une grande histoire d'amour, un rempart pour protéger une famille et lutter contre la vieillesse. La vie est trop courte ? Pas pour ceux qui construisent. De toute façon, je déteste les débuts, je suis trop entière pour être infidèle et trop émotive pour adorer le changement. En somme, j'ai une nature à être en couple.

Normalement, je devrais donc y arriver... Normalement...

Retour au parvis. Si ça se trouve, les vieux venaient de se rencontrer grâce aux petites annonces du *Chasseur français*. Dans le doute, j'ai quand même sauté dans les bras d'Adrien. Il a bien essayé de s'excuser, mais je l'embrassais à pleine bouche. Je me foutais de ses retards puisque je poursuivais un rêve immense : qu'on ait toute la vie pour s'engueuler.

Un mariage peut-il vraiment être le plus beau jour dans une vie ?

Cet été, on a marié Tim et Ruben. C'était LE mariage qu'on attendait tous avec impatience. Depuis plusieurs mois, ils nous faisaient des teasers, l'air de rien.

— Vous aimez la truffe j'espère.

— Tu te souviens du DJ à Berlin ?

— J'espère qu'il fera beau pour le feu d'artifice.

Le jour J, on s'est réveillés sous un ciel maladif. Il s'est mis à pleuvoir à 11 heures du matin et ça n'a pas cessé jusqu'à minuit, et pas une ondée chargée de lumière, non, un rideau d'eau sale qui donnait un ton affreusement triste à la journée. Ensuite, on a tous attendu Ruben dans le hall d'une mairie en travaux. Une heure. C'est long. Il est arrivé avec le masque du mec qui lutte contre une gastro. Vu la tête de ses témoins, on a tous conclu à une gueule de bois collective. Quelle idée de faire l'enterrement de vie de garçon la veille ? À leur façon de regarder leurs pompes vernies, je me suis demandé si le strip-teaseur n'avait pas porté plainte.

Au moment des consentements, il y a eu une éclaircie : c'était beau, sincère, émouvant, on a tous applaudi, les yeux au bain-marie... mais le désastre a repris son cours dès le vin d'honneur. Au lieu d'être garé dans la cour du château où avait lieu la réception, le camion du traiteur était sur une bande d'arrêt d'urgence à cent kilomètres de là. Les petits fours minutieusement choisis ont donc été remplacés par des baguettes et du pâté de campagne. Tout le monde s'est rattrapé sur le champagne, à commencer par le cousin que Tim avait élu pour faire les photos. À 20 heures, il était physiquement incapable de tenir son appareil droit. À 21 heures, il l'avait perdu.

Le traiteur est arrivé à temps pour nous servir un repas aussi tiède que mal présenté. Le diaporama n'a jamais voulu démarrer et les discours n'ont pas relevé le niveau (Vraiment beau-papa ? Vous étiez obligé de préciser que la personne qui allait partager la vie de Tim, vous l'imaginiez « plus joli-eu » ?). Les familles ont commencé à s'engueuler pour des questions d'argent. Oncle Max a couché avec sa nouvelle copine dans la cabine du Photomaton. Le DJ a révélé un goût prononcé pour la techno hardcore. Stella a attendu son Américain toute la soirée... bref, la déroute.

Si un jour Adrien se décide, je me suis promis de faire un mariage tout simple. Quand j'ai confié ça à Tim, il a souri. C'est exactement ce qu'ils s'étaient dit au départ.

Peut-on avoir des enfants et une vie de couple ?

Comme souvent, Adrien était charrette au boulot. Je suis donc allée dîner seule chez ma copine Nadia. Avec son homme, ils ont eu deux garçons à un an et demi d'intervalle (tout à fait déraisonnable). Je suis arrivée à 20 heures avec une bouteille de champagne et les cheveux propres, autant dire que je n'étais pas du tout dans le ton. Nadia courait après son grand qui refusait catégoriquement de se coucher. Elle n'avait qu'une pantoufle et pas un gramme de maquillage.

Dans la panique, elle m'a ordonné de commencer l'apéro sans elle. D'accord... mais avec qui ? Le papa n'était pas hyper disponible non plus. Il essayait de laver les dents de son mini-lui qui se débattait en hurlant. On était très loin de la photo de famille qu'ils avaient envoyée pour accompagner leurs vœux : elle, lui et leurs fils bien peignés dans leur salon rangé au double décimètre.

J'ai failli me fracasser le coccyx en glissant sur une petite voiture et j'ai dû enlever plusieurs strates de vêtements avant de m'asseoir sur le canapé. De là, j'avais une vue imprenable sur la chambre des enfants (chance). En planquant mon ennui derrière un sourire attendri, j'ai pu assister au rituel du coucher : une lutte sans merci opposant d'un côté des parents armés de livres, de verres d'eau, de menaces, de tétines et de doudous, de l'autre, des petits êtres munis de leurs cordes vocales. Nadia et son homme ont fini par s'avachir à côté de moi. Un instant, j'ai cru qu'ils allaient mettre les pieds sur la table basse et allumer la télé.

Comment trouver l'énergie pour une troisième mi-temps en guêpière ? Après la journée de boulot et le triathlon bain-dîner-coucher, où dénicher la force de faire une blanquette de poisson ? Rejoindre des potes au restau ? Écouter les problèmes de son Jules ? Il est assez grand pour s'autogérer, ça va, oh, y'a pas marqué Shiva ! Et le week-end, n'en parlons pas, ils ne s'entourent que de parents pour affronter ces deux jours de *full time kids*, le moment est mal choisi pour s'épiler ou faire l'amour.

Conclusion : c'est très compliqué de s'occuper de soi et de son couple à proximité de ses enfants, il faut donc les re-fi-ler ! À une baby-sitter, aux grands-parents, aux parrain-marraine, à vous de choisir votre sauveteur. Dites-vous que ça n'est pas seulement pour votre bien, c'est aussi pour le leur (flash psy : que le couple de ses parents se manifeste fait partie de leur équilibre)... et pour le bien de vos copines qui essaient d'avoir un enfant.

Qu'est-ce qu'un mec devrait savoir avant d'emménager avec une fille ?

J'ai bu une bière après le tournage avec un copain cadreur qui vient d'emménager en couple. Quand je lui ai demandé comme ça se passait, il a jeté un coup d'œil à gauche et à droite comme une bestiole traquée, puis s'est mis à parler à s'en faire fumer la langue.

La vie ne l'avait pas du tout préparé à vivre avec une fille. Il avait grandi avec deux frères dans une maison particulièrement bien tenue par une mère discrète. Du coup, il était plus ou moins resté sur l'image des gamines qui se font des tresses dans les soirées pyjama, qui parlent du bout des lèvres de flirts imaginaires et qui s'endorment dans des draps « Princesse » en rêvant de devenir propriétaires d'un four multifonction. Et voilà que déboulait chez lui une meuf-nouvelle-génération qui parle de cul grassement avec ses copines au téléphone, n'a aucune prédisposition pour le ménage et brûle tout ce qu'elle cuisine.

Ajouté à ça, il a découvert les petits désagréments de cohabiter avec un individu femelle : il n'a presque plus jamais d'eau chaude et carrément plus de salle de bains pendant une heure le matin. Des fruits et légumes poussent dans le bac fraîcheur de son frigo. Il passe son temps à retirer des cheveux du siphon de sa douche, de son oreiller, de son plat de pommes de terre brûlées. Il sait des trucs dont il se fout (le gris de lin est une couleur) et des trucs qu'il préférerait ne pas savoir (les poils repoussent en trois semaines sur les jambes). Le lavabo de sa salle de bains est devenu inaccessible : pour attraper le tube de dentifrice, ses doigts doivent slalomer entre des crèmes, des sérums, du parfum et des dizaines de produits de maquillage qui roulent, tombent et se cassent. Depuis qu'elle est là, son lave-linge ne tourne plus qu'à 30 degrés ALORS QUE TOUT LE MONDE SAIT QUE ÇA NE LAVE RIEN ! Son bureau est menacé quotidiennement de devenir une chambre d'enfant. Et il n'a plus le droit de regarder des films violents (activité uniquement tolérée sur son ordi, avec port du casque obligatoire). Le mec se sent pris au piège. Il faut dire qu'apparemment, la fille n'a pas inventé le bidon de deux litres : elle a déjà fouillé l'historique de ses navigations Internet, invité des potes à lui sans le prévenir et changé tous ses meubles de place.

J'ai essayé de le rassurer (même si on sait bien qu'au quotidien les rapports ne vont pas en se raffinant). À moins d'être surentraîné par trois sœurs et une mère soixante-huitarde, les mecs vont avoir un choc... à nous de l'amortir en allant chercher de temps en temps notre Blanche-Neige intérieure.

Une seule question
peut-elle dynamiter
un jeune couple ?

Sophie a posé à Arnaud une question aberrante, mais compréhensible, mais aberrante, mais compréhensible (j'ai du mal à trancher). Après trois mois de relation, alors que tout était encore merveilleux, tout paraissait possible, la plus petite qualité était perçue par l'autre comme un pouvoir magique, même les défauts passaient pour de formidables particularités, elle a mis les pieds dans le plat de résistance (énorme, la résistance) :

— Est-ce que tu envisages d'avoir un autre enfant ?

Elle avait trouvé l'homme parfait doublé de l'amant exceptionnel triplé du père idéal, mais elle ne pouvait pas – même pour lui – abandonner l'idée d'être maman. À ce stade de leur relation, c'était comme demander à une fourmi de porter le Taj Mahal. Elle a eu beau lui répéter que c'était « dans l'absolu », il a quand même entendu : « Promets-tu de me faire un enfant si je reste avec toi parce que sinon, t'es gentil, j'irais me faire fertiliser ailleurs ? »

Il a bredouillé :

— Moui... dans l'absolu.

Sauf que c'est « dans la réalité » qu'on fait des enfants. Les nuits blanches, les couches, le mouche-bébé, les boutons purulents de varicelle... Il était bien placé pour savoir que tout ça était très réel. Il avait besoin de temps pour accepter de se relancer dans l'aventure. Il la comprenait, bien sûr, elle voulait connaître les joies d'être mère et ne pouvait pas prendre le risque de tomber amoureuse de quelqu'un qui ne voulait plus d'enfants. Mais c'était trop tôt (pour eux)... Mais ça risquait d'être trop tard (pour elle)... Oui, mais c'était tôt (pour eux)... Oui, mais ça risquait d'être trop tard (pour elle)... Difficile de trancher, je vous dis.

Depuis qu'elle lui avait arraché son « moui », elle le voyait bien : il se mettait une pression d'enfer. Comme il n'était pas prêt à lui dire « J'aimerais que tu arrêtes la pilule, patate », il avait l'impression de lui faire perdre son temps. Elle a essayé de rattraper le coup, d'en parler, d'en rire même, mais le ver était dans la pomme d'amour.

Il a fini par la quitter, au téléphone, la semaine où il avait ses enfants.

Il n'a même pas offert à leur histoire un enterrement de première classe. Un coup de fil et bim, fosse commune. Effarant...

7

INFIDÉLITÉ, RUPTURE, EX

Bienvenue du côté obscur de l'amour.

Qu'est-ce qu'on gagne
à rappeler un ex ?

Après l'épisode du mythomane de compétition, Rosalie a fait une pause pour lécher ses plaies. Au dernier dîner de louves, c'était reparti avec un ex : Gabriel ceci, Gabriel celà, et « quand même, il était pas mal ce Gabriel, non ? ». Bah non. Quand elle l'a quitté, c'est limite s'il ne lui a pas fait remplir un formulaire d'insatisfaction pour comprendre ses erreurs et essayer de s'améliorer. Il pliait ses caleçons avant de lui infliger des missionnaires patauds. Il avait la fantaisie d'un séchoir d'hôtel et la réactivité d'une table de ferme, donc non, non, non, même après deux bouteilles de champagne, on n'a pas réussi à lui conseiller de remettre le couvert – ou plutôt le découvert – avec « Gaby ».

Malheureusement, écouter ses copines ne fait pas partie des spécialités de Rosalie. Résultat : quarante-huit heures plus tard, retour à la case « Missionnaire Pataud ». Maintenant, c'est malin, elle ne sait pas comment le re-larguer sans passer pour une salope égomaniaque.

Pourquoi a-t-elle remis une pièce dans la machine ? Parce que l'ex, c'est de la drague en pantoufles, de l'orgasme à portée de main, et parce que le célibat attaque la mémoire. Je sais de quoi je parle, quelques mois d'abstinence et crac, j'oubliais les raisons pour lesquelles je m'étais barrée en courant (malgré mes talons et mon aversion pour le sport), je rappelais un ex… et je regrettais, mais trop tard : j'étais déjà en train de pousser un gémissement syndical.

Remarquez, il y a pire. Il y a Thomas qui m'avait juré entre deux hoquets qu'il ne pourrait jamais me remplacer. Forte de cette promesse (et très affaiblie par un long jeûne sexuel), je l'ai rappelé. Il m'avait remplacée, le traître, et pas par un pot à tabac à la moustache fournie et la transpiration aigre, non, par une grande blonde qui lui avait fait deux enfants Kinder. En raccrochant, je ne me suis jamais sentie aussi brune, petite et seule.

Qu'est-ce qu'on gagne à rappeler un ex ? Peut-être sa soirée, mais on perd son temps. Ça donne des amourettes qui titubent entre non-dits et déjà-vu. Maintenant, je ne veux pas faire de généralités, j'imagine que certaines histoires sont comme le bœuf bourguignon, meilleures réchauffées.

L'infidélité, on avoue ou pas ?

Je ne suis pas concernée directement par le sujet (et je ne dis pas ça seulement parce que mon mec lit mes livres), en revanche, j'ai autour de moi des couples que l'infidélité a laissés pour morts. Ils sont encore ensemble, mais dans un tel état de délabrement que la rupture sonne comme une riante perspective. Le regard vitreux, le sourire pantelant, ils parlent de leur amour avec un mélange de colère et de nostalgie. Depuis que la révélation a explosé dans leur vie, il n'y a plus un mur debout, la confiance est en miettes, la spontanéité en mille morceaux, ils errent dans les décombres, hagards, sans savoir par où commencer pour reconstruire leur vie d'avant. Qu'ont-ils gagné ces amoureux-là à la tombola de l'honnêteté ? N'auraient-ils pas mieux fait de fermer leur gueule ?

D'autant plus que ceux qui veulent avouer ont rarement des profils de *serial fuckers*. S'ils sont torturés par la culpabilité, c'est qu'ils n'ont pas l'habitude de tromper. La pratique du mensonge requiert des compétences transversales (sang-froid, repartie, inventivité), tout le monde n'est pas équipé. Ils prennent donc le risque de tout faire péter pour quoi ? Confesser une nuit de sexe aviné à l'Ibis de Blois pendant le séminaire « Lampes et jardin » ? Une nuit qui n'a pas compté ? Une nuit qui leur a servi de leçon, en plus ?

Je pense, comme un bataillon de psychiatres, que s'il s'agit d'une incartade, il ne faut pas le dire. Un adultère au long cours, c'est différent, mais une simple sortie de route, mieux vaut la garder pour soi. Ça paraît égoïste ? Pas évident. La plupart de ceux qui avouent le font pour soulager leur conscience et finalement, refourguer le dossier à l'autre. La vraie preuve d'amour, finalement, n'est-elle pas d'assumer seul son acte et de passer à autre chose ? Soyons clairs, c'est un conseil que je serais incapable de mettre en pratique, je pense que j'avouerais avant même d'avoir changé de culotte, mais je ne suis pas un modèle à suivre (est-il besoin de le préciser).

Quelles sont les sept étapes
de la rupture ?

Si je me réfère aux sept étapes du deuil pré-
sentées par la psychologue Elisabeth Kübler-Ross,
Sophie devrait être à la fin de son périple post-
rupture avec Arnaud.

1. LE CHOC. Je la revois prostrée dans son
canapé, le regard fixe. Ils avaient parlé d'acheter
un appartement ensemble, il avait dit « moui »
pour un enfant, ils avaient même commencé à
regarder *Homeland*. Et tout à coup, il la quitte
et son avenir verdoyant se transforme en un
paysage calciné à perte de vue ?!

2. LE DÉNI. Impossible. Ça a été son maître mot
pendant un bon moment. Ils s'étaient promis
des choses, ils ne pouvaient pas se séparer. On
avait beau lui dire qu'ils n'étaient pas ensemble
depuis longtemps et qu'il ne s'était jamais
vraiment investi dans leur relation, ça tapait
dans l'angle mort de sa lucidité. Im-po-ssible

de mettre fin à leur histoire comme ça, du jour au lendemain. Il allait se rendre compte de son erreur et revenir. Du coup, elle l'attendait patiemment, prête à reprendre leur petite vie là où elle en était : *Homeland*, saison 1, épisode 8.

3. LA COLÈRE. Quand elle a compris que cette rupture était vraiment en train d'arriver, ça a libéré en elle le kraken de la colère : une violence tentaculaire qui s'est mise à tout détruire, à commencer par l'histoire qu'ils avaient vécue. Il lui avait menti pendant des mois ! Reproches, remords, ressentiment, elle s'est mise à tirer tous azimuts. Autant dire qu'il valait mieux faire attention à ce qu'on disait pour ne pas prendre une balle perdue.

4. LA TRISTESSE. Ensuite, elle a habité en colocation avec la tristesse. C'était la rupture de trop. Au menu : larmes et rêves pilés. On n'avait pas trop de mal à la sortir de son pyjama et à la traîner jusqu'à un restaurant, mais sur place, il suffisait d'un verre pour qu'elle s'effondre et se mouche dans la nappe.

5. LA RÉSIGNATION. Je me suis dit qu'elle avait franchi un cap le jour où elle a nettoyé son appartement comme une scène de crime, viré les photos d'eux de son portable et regardé la fin de la saison 1 de *Homeland*.

6. L'ACCEPTATION. Chez Sophie, cette phase s'est résumée à une consommation de serveurs.

7. LA RECONSTRUCTION. Depuis une semaine, elle a l'air d'aller beaucoup mieux. Du côté des copines, on croise les doigts, mais pas les bras. Elle est arrivée à la dernière étape, d'accord, mais il ne faut pas croire que c'est gagné, au contraire. C'est la plus dure de toutes, celle où elle doit prendre le risque d'aimer à nouveau.

Peut-on changer un *serial fucker* ?

Alban, un pote producteur à la beauté féroce, s'est toujours décrit comme « romantique et cœur d'artichaut ». Je dirais que c'est réducteur et souhaiterais rendre hommage à son côté « gros enfoiré manipulateur ». Pendant des années, il a enchaîné les filles avec une frénésie postmoderne, le genre de mec incapable de reconnaître l'amour même quand il l'embrassait sur la bouche.

Quand il avait l'audace de me dire : « Mais tu sais, je pense toujours au plaisir des femmes », je ne pouvais m'empêcher de penser, moi, à ces emballages de viande bio sur lesquels est inscrit « Méthode respectueuse du bien-être des animaux ». Prenez un poulet bien vivant d'un côté, et de l'autre, des boulettes de volaille. Il y a bien un moment où le bien-être du poulet a dû en prendre un coup quand même. On n'a jamais vu personne sortir d'une semaine de thalasso transformé en boulettes. Bref ! Alban respectait donc le bien-être des femmes qu'il baisait en batterie jusqu'à ce qu'il rencontre Douce, une comédienne sublime et plutôt équilibrée compte tenu de sa profession.

Quand ils ont annoncé qu'ils allaient se marier, leur histoire durait depuis deux mois dans notre espace-temps et depuis toujours dans celui d'Alban. La seule femme avec qui il avait pris autant de petits déjeuners en tête-à-tête, c'était sa mère (son père étant parti avec une danseuse du Crazy Horse quand il avait 3 ans. Je serais psy, je commencerais par là).

Douce savait-elle que son futur mari avait sauté tout Paris et une partie de sa proche banlieue ? C'est la question que je me posais à leurs fiançailles en la voyant papillonner gaiement d'un groupe à l'autre. Combien de temps avant qu'il la trompe ? Qu'elle lui pardonne et qu'il la trompe à nouveau ? Que le chagrin cerne ses jolis yeux bleus ? Que sa ride du lion se creuse et que sa vitalité la quitte petit à petit ? En somme, combien de jours, de mois, d'années de mariage avant qu'elle comprenne qu'elle s'était enfermée dans la folie d'un homme ?

J'avais rarement vu un couple aussi bien assorti : c'était une pub The Kooples dans une vitrine de Saint-Germain-des-Prés... mais un clébard de cette envergure, ça ne se muselle pas éternellement.

Je me forçais à sourire au-dessus de ma coupe jusqu'à ce qu'il saute sur une table et lui fasse une magnifique déclaration. Mon optimisme a repris le dessus. Et si elle avait réussi là où les dizaines d'autres filles avaient échoué ? Et s'il n'avait plus besoin de perpétuels shoots de désir pour soulager son ego ? Peut-être avait-il enfin trouvé sa madone et sa méthadone. J'ai eu envie d'y croire.

Aujourd'hui, elle a le kit complet : les cernes, la ride du lion et le mari pathologiquement infidèle. Conclusion : on ne change pas les rayures du zèbre. Pour ne pas être trompé à l'arrivée, ne vous trompez pas au départ. Voilà. C'est aussi simple que ça. Et ne prétextez pas qu'on ne peut jamais savoir. Allons... J'ai été célibataire avant vous. Je me suis même entortillée dans les filets d'un séducteur qui reprenait à peine son souffle entre deux mensonges. Ça ne s'arrêtait jamais, comme à La Samaritaine. Ça a duré deux ans, la seule chose que j'ai réussi à changer, c'est de mec.

Comment faire
quand on est amoureuse
d'un salaud ?

Le « séducteur » s'appelait Nicolas et puisqu'on y est, restons-y. Je l'avais dans la peau, un peu comme du psoriasis. Encore un...

Enfant, j'ai collectionné les livres de chiens (je sais encore plein de trucs inutiles comme la hauteur au garrot d'un berger de Bergame*), ensuite c'était les pin's (c'est comme la cicatrice du BCG sur le bras, ça vous date une fille avec plus de précision que le carbone 14), puis je me suis mise à accumuler tout ce qui concernait Christophe Lambert. Avec cette dernière passion, je pensais avoir mis un pied dans ma vie de femme. J'aurais dû me douter que quand on commence en rêvant de se faire attraper par Greystoke, tout est à craindre. Et en effet, entre la fin de mon adolescence et mon analyse, je suis devenue saloparophile. Dès qu'un salopard entrait dans mon champ de vision,

---

* Entre 58 et 62 centimètres.

je m'appliquais à le punaiser sur mon tableau de chasse.

Pour me faire la main, j'ai commencé par un beau spécimen de Pygmalion qui m'écrabouillait de son expérience. Ensuite, j'ai étudié le cas étonnant du mec marié qui va quitter sa femme, mais continue quand même à lui faire des enfants. J'ai perdu aussi quelques belles années de fertilité avec un adolescent qui refusait de s'engager (partir ensemble en week-end entrait, pour lui, dans la définition de l'engagement). J'ai rencontré pas mal de queutards évidemment qui m'ont fait miroiter l'amour jusqu'à ce qu'ils remontent leur caleçon. Ah, et j'ai eu un timide aussi. Avec son charisme de lapereau, j'étais sûre qu'il ne me ferait jamais de mal. Il ne m'a jamais fait de bien. Et crac, quelques mois de plus à me déglinguer l'ego pour rafistoler un mec irréparable.

Mais le joyau de ma collection reste Nicolas donc, connard éblouissant, manipulateur de père en fils. Avec lui, je n'ai rien vu venir, tout allait bien, il était parfait, et un jour je me suis réveillée, je n'avais plus d'amis, plus de passions, plus d'énergie, je n'avais plus qu'un but : plaire à ce mec que tous mes gestes exaspéraient.

Là, j'ai enfin compris que la seule personne que je devais essayer de réparer, c'était moi (tadam !). Je me suis alors allongée sur un divan plutôt que dans le lit de cannibales qui dégustaient mon cœur avec des fèves au beurre. Résultat, aujourd'hui, j'ai trouvé l'homme de ma vie dans la catégorie injustement décriée des « mecs gentils ».

Tout ça pour dire qu'il n'y a qu'une chose à faire quand on est amoureuse d'un salaud : le quitter, point barre (du verbe « se barrer »).

Connaissez-vous
la technique de l'autolargage ?

L'impatience, c'est vraiment la mauvaise qualité de Stella. Du coup, quand elle m'a dit que son Américain ne répondait plus à ses textos et zappait ses appels, j'ai pris ça à la légère. Pour moi, elle lui avait envoyé une tartine de cœur-cœur-smiley-cœur en se couchant (pas de réponse), elle avait tenté un coup de fil au réveil (messagerie) et elle était prête à déclencher l'alerte Rupture après dix-sept heures de silence. Je l'ai rassurée, avec le décalage horaire, ça pouvait arriver, pour peu qu'il ait eu une journée chargée... bref, il allait la skyper.

Une semaine plus tard, toujours pas de nouvelles. Ma confiance a vacillé. C'était d'autant plus incompréhensible qu'il allait très bien (cf. les vidéos rigolotes qu'il partageait sur Facebook). Stella s'est mise à lui écrire des textos de plus en plus sidérés. Aucune réponse. Chaque heure qui passait mettait une pelletée de terre sur leur histoire.

Au bout de deux semaines, elle est passée à l'étape suivante : que ce soit fini, elle pouvait le concevoir, mais elle avait besoin de l'entendre. Elle s'est donc mise à mendier un dernier rendez-vous, à l'aéroport JFK s'il le fallait. Elle a tendu la main par SMS, elle a quémandé après le bip... Toujours rien.

Le mec avait fait dossier-supprimer-vider la corbeille.

Elle aurait pu traverser l'Atlantique pour l'attendre en bas de son bureau. Elle ne l'a pas fait. Par dignité ? Par respect pour ce qu'ils avaient vécu ? Une chose est sûre, ils ne se battaient pas avec les mêmes armes. Quand elle a compris qu'elle ne pouvait pas gagner, elle a pris sur elle et a mis un point final à leur histoire, par texto.

Elle s'est donc « autolarguée ».

Avec les nouvelles technologies, les notions d'engagement et de rupture sont devenues plus floues. Certaines personnes en profitent. C'est tellement confortable de pratiquer le *ghosting* jusqu'à ce que l'autre fasse le sale boulot à distance. Ça permet d'esquiver les reproches et les larmes, tout en restant un objet de désir. Ça évite aussi de réfléchir sur soi (sur le fait qu'on fonde toutes ses histoires d'amour sur le protocole « évitement et fuite » par exemple).

Pour ceux qui ont séché les cours d'éducation civique, voici un petit rappel. **Apprentissage du respect, fiche n° 1** : on doit dire bonjour, merci, s'il vous plaît, pardon et au revoir. À partir de maintenant, tout oubli sera sévèrement sanctionné. Je compte sur vous. On ne s'autolargue plus, on va chercher son explication là où elle se trouve. En d'autres termes, je déclare la chasse aux fantômes officiellement ouverte.

Jusqu'où peut-on aller
pour oublier un mec ?

Sophie m'a appelée la semaine dernière. Elle m'a annoncé fièrement qu'elle avait décidé d'oublier Arnaud !

...

Le jour sans fin.

— C'est super, Sophie... vraiment... parce que là... c'est la bonne chose à faire, quoi.

— Je sais, je sais, mais pour mettre un point final-final, j'ai besoin de toi.

Allons bon.

Pour rigoler pendant leur week-end à Rotterdam, Arnaud et elle avaient accroché un cadenas sur un pont (pour rigoler ? Pour rigoler, pendant notre week-end à Las Vegas, on s'est mariés).

— Marion ? T'es toujours là ?

— Hum...

— Il faut que tu m'accompagnes, on doit juste faire sauter ce cadenas pour me libérer.

Juste ? Je n'avais pas du tout prévu de passer le week-end aux Pays-Bas, encore moins d'y partir à 7 heures du mat' avec une pince dans mes bagages.

Quand on est descendues du Thalys, on a été accueillies par un froid sibérien. Bon, on n'était pas là pour faire un golf de toute façon, on a remonté nos cols et on a filé directement au pont Rijnhavenbrug (à mes souhaits, à ses amours).

Sur le trajet, je n'ai pas bien compris ce qu'ils étaient venus chercher dans cette ville. Amsterdam, ses vélos, ses pétards, son quartier rouge, pourquoi pas, je ne suis pas folle de sport, de drogue ou de prostitution, mais je comprends le concept. Là par contre, tous ces buildings qui ont poussé dans les décombres de la Seconde Guerre mondiale… ? Il paraît que c'est le plus grand port industriel européen, mais à moins d'avoir des produits pétrochimiques à exporter à Singapour, je ne vois pas trop l'intérêt. Sophie m'a dit que c'était une des plus belles villes qu'elle ait visitées. J'en ai conclu qu'ils avaient passé leur week-end à l'hôtel à rire et à faire l'amour. J'appréhendais l'instant où on allait faire sauter tout ça.

Arrivée sur zone, Sophie ne se rappelait plus où il l'avait accroché. Elle est donc allée chercher dans son portable le selfie qu'ils avaient pris à ce moment-là (selfie qu'elle était censée avoir jeté, passons). Et nous voilà toutes les deux en train de comparer l'arrière-plan et la vue…

— C'est là.

— Mais non, regarde, le clocher vert... et l'hôtel New York. C'est là-bas.

— Ah oui, t'as peut-être raison, ça me dit quelque chose.

On a mis encore trois longues minutes à retrouver le petit cadenas rouge (S+A dans un cœur ? Sérieusement ?). La marée s'est mise à monter dans les yeux de Sophie. J'ai sorti ma pince fissa. Le cadenas a cédé du premier coup. Elle l'a pris entre ses mains comme si c'était un oisillon, a respiré un bon coup et l'a jeté dans le fleuve.

Je lui ai dit qu'on devrait y aller avant de passer pour des célibataires aigries qui viennent faire sauter des cadenas pour occuper leur week-end. Elle a ri, pas un gros éclat de rire sonore, mais assez (surtout compte tenu de la blague) pour que j'aie l'espoir qu'elle soit complètement sortie d'affaire... d'ici quelques mois.

À ce propos, je tiens à remercier le temps pour l'ensemble de son œuvre.

Est-ce que coucher,
c'est tromper ?

La semaine dernière, je prenais un verre avec une amie que je connais depuis quinze ans. Je l'ai toujours vue avec le même mec, la même bande de potes, le même boulot dans la même boîte, la copine-charentaises quoi, chaleureuse, prévisible, rassurante.

Éperonnée par l'alcool, elle m'a fait une confidence. Ça a provoqué la combustion spontanée de toutes mes convictions : son mari et elle étaient un couple libre… ?! Pour me montrer digne de sa confiance, j'ai à peine esquissé un haussement de sourcils. J'aurais sans doute paru plus surprise si elle m'avait appris qu'ils prenaient des cours de salsa.

Elle s'est mise à développer : ils s'aimaient, mais ne s'appartenaient pas. En se libérant de la jalousie et la possessivité, ils avaient supprimé frustration et mensonge. Mieux, leurs aventures extraconjugales alimentaient leurs fantasmes et entretenaient leur libido. Je l'écoutais en hochant la tête, un petit sourire aux lèvres (bravo meuf, t'as tout compris), mais à l'intérieur, je la fixais les yeux écarquillés et la bouche entrouverte. Qu'elle soit, elle, dans une relation non exclusive… Elle n'a pas peur de l'engagement, n'a rien de l'adolescente attardée ou de la *sex addict*, je me suis donc forcée à envisager le couple sans la fidélité… ?!

Pourquoi pas, après tout ? Comme dit Noémie de Lattre dans son spectacle *Femmes libérées* : « Qu'est-ce que ça peut lui faire à mon mec ce que je fais quand il n'est pas là ? Que je fasse du sexe ou du yoga, qu'est-ce que ça change pour lui ? » C'est vrai, si c'est juste pour se détendre, s'épanouir, expérimenter et que ça n'enlève rien au couple, pourquoi se l'interdire ? De nombreux scientifiques s'accordent à dire que l'être humain n'est pas aussi monogame que le gibon ou la gerbille de Mongolie. Pourquoi aller contre sa nature, surtout quand on sait que la fidélité est le talon d'Achille de l'amour ?

Perso, j'aurais trop peur que l'un de nous deux se barre au premier coup de cœur, mais ça ne concerne que moi, mes certitudes momifiées et ma confiance vulnérable. Maintenant, pour prouver que cette réflexion m'a quand même fait progresser, je m'engage à autoriser Adrien à regarder *Orange is the New Black* sans moi.

Comment rompre proprement ?

Rosalie vient de vivre un licenciement amoureux. Depuis quelques semaines, elle était avec
un DAF (directeur administratif et financier) (oui
bah, moi je ne savais pas). Il l'a convoquée dans
un café, a énuméré ses motifs de rupture, lui a
assuré qu'il avait épuisé toutes les alternatives,
mais qu'il devait le faire « dans le cadre du plan de
relance de sa vie et de la sauvegarde de sa bonne
humeur » et il a fini par cette phrase qui devrait
être interdite par la Constitution :
— Je ne m'inquiète pas pour toi, tu vas vite
te recaser.
Un peu plus et il lui rédigeait une lettre de
recommandation.
C'est atroce, mais au moins, ça a le mérite d'être
clair. Le mec n'a pas essayé d'adoucir d'un « Restons copains » ou d'un « Je t'aime encore, mais je
dois partir » qui équivaut à confisquer le cerveau
de l'autre pendant un temps indéterminé.
Quand on est en pleine opération Largage, on
peut être à l'écoute, répondre aux questions, mais

à un moment, il faut assumer. On ne peut pas rompre et être le héros de la journée.

Alors, concrètement, comment fait-on pour rompre sans bavure ? Déjà, on opère en face, pas de mail, de texto, de tweet, de changement de statut Fuckbook… En face et c'est non négociable ! Et on ne fera pas dans la nuance, l'idéal étant : « Je pars parce que je ne t'aime plus. » Quoi répondre à ça ? « Si ! Tu m'aimes ! Hier, tu m'as déposée au boulot en voiture : tu m'aimes ! » C'est imparable. Attention, après ça, on sera tenté d'édulcorer en rappelant les bons moments (ça n'aide pas) ou en se flagellant (c'est d'assez mauvais goût, l'autre n'étant pas exactement là pour nous réconforter).

Bien sûr, on ne viendra pas avec un chat pour assurer la transition ni avec des cartons (je t'ai rapporté tes affaires, regarde, j'ai mis aussi l'écharpe qui tu m'as offerte, je ne la porterai pas, du coup je me suis dit que ça pourrait te resservir). On ne fera évidemment aucun cadeau de rupture et on ne baisera pas une dernière fois. Votre amour est mort, alors à moins d'avoir des tendances nécrophiles, on évite. Enfin, si on a retrouvé quelqu'un, je suis pour le dire. C'est l'équivalent porté du « Ce n'est pas à cause de toi ».

Conclusion : on est franc et direct comme le DAF, on ne dealera pas un peu d'espoir sous le manteau pour que l'autre ne fasse pas sa première crise de manque sous nos yeux. On affrontera, on affirmera, et surtout si *Je suis venu te dire que je m'en vais* passe dans le café, on ne fera aucune remarque.

A-t-on le droit
de garder l'exclu sur un ex ?

Le *Bro Code* est très clair sur la question : « On ne sort pas avec les ex des amis. » Il n'y a ni exception ni dérogation, c'est chasse gardée, point. Ah bon ? Vous allez peut-être douter de mes valeurs morales, mais je ne trouve pas ça évident. Depuis quand on a le droit de s'octroyer quelqu'un ? Surtout quand on n'est plus avec lui ! Qu'on demande aux copines de rester à distance de son mec, ça me paraît plutôt sain, mais qu'on mette un copyright sur tous ses ex comme si on les avait créés, c'est discutable, non ?

Maintenant, je reconnais que, sur le terrain, la situation est délicate. Je l'ai vécu en seconde, quand ma meilleure amie est sortie avec mon « premier » (celui avec qui j'ai découvert ce que je pensais être l'orgasme). Nous n'étions restés ensemble que trois mois, mais ça restait ma référence, ma grande histoire, ma sale rupture. Quand Sylvia a glissé sa langue dans sa bouche à l'anniversaire de Romain Lemire, j'ai eu l'impression

221

qu'elle m'enfonçait un poignard dans le dos. On était 7 milliards sur terre, mais il fallait qu'elle se colle à *mon* ex. Garce. Comment pouvait-elle trahir notre amitié comme ça ? Me voler ma vie ? Essayer de réussir là où j'avais échoué ?

Leur amour a tenu bon malgré les turbulences de l'adolescence. Poussée par la bande, j'ai fini par m'y faire. Je me suis rendu compte que ça n'avait rien à voir avec moi, qu'ils ne cherchaient pas à me faire du mal puisque je n'étais simplement plus dans l'équation (outch). On s'est définitivement perdus de vue après le bac, mais j'ai appris récemment qu'ils étaient encore ensemble.

Sylvia avait donc fait le bon choix, comme souvent quand on choisit l'amour.

Comment gérer un ex
qui refuse de lâcher l'affaire ?

J'ai mis plusieurs mois à admettre que je m'emmerdais avec Damien (mon timide au charisme de lapereau). Il faut dire qu'il était tellement beau que c'était difficile de se concentrer en sa présence. Malheureusement, il était aussi lent, lunaire et incapable de cliquer sur un bouton « réserver » ou « commander ». J'ai fini par péter les plombs et le quitter… enfin, c'était le projet. Il a purement et simplement refusé la rupture.

Au début, ses messages, ses bouquets de fleurs, ça me serrait le cœur, mais j'acceptais de le voir, de prendre des cafés interminables, de lui expliquer pour la dixième fois ce que je n'aimais pas chez lui, mais que ça ne l'empêchait pas d'être un homme formidable (un exercice proche du déminage). Je ne voulais pas l'abandonner au bord de l'autoroute comme un cocker diabétique, on avait quand même vécu de jolies choses, il méritait que j'assure le service après-vente.

Seulement, chaque fois qu'on se parlait, j'avais beau être aussi ambiguë qu'un panneau sens interdit, ça relançait son usine à espoirs. J'ai essayé de m'effacer en douceur, mais moins je répondais, plus il m'appelait. Je lui ai parlé d'un autre mec, il m'a fait une crise comme si je l'avais trompé. Je n'arrivais pas à m'en débarrasser.

Les mois ont passé, pas son chagrin : il a continué à m'envoyer des mails-fleuves, à m'attendre en bas de chez moi, à venir me chercher à la sortie du boulot. Ça commençait sérieusement à ressembler à du harcèlement, du coup j'ai arrêté de baisser les yeux, je lui ai conjugué « Je ne t'aime plus » à tous les temps et lui ai interdit de me contacter. Il l'a très mal pris : textos d'injures, cadeaux d'excuse, messages bourrés en pleine nuit, larmes, cris, appels aux potes, à la famille, j'ai eu droit à tout. Ma victime était devenue mon bourreau.

Je ne savais plus quoi faire. Lui présenter quelqu'un ? Mais qui ? Je n'allais quand même pas lui jeter une copine en pâture, ni draguer pour lui sur Internet. Appeler les flics ? Demander une interdiction de m'approcher ? J'étais prête à le faire quand il a sonné chez moi. Ce jour-là, je me suis vue lui postillonner des horreurs au visage. Moi qui voulais le ménager, j'ai littéralement achevé notre amour à coups de talon.

Voici donc mon conseil : coupez les ponts avec la personne que vous quittez. Donnez-lui une bonne grosse explication, les yeux dans les yeux, mais ensuite brisez les moindres petites passerelles entre vous. Le silence est le seul cicatrisant efficace.

8

L'AMOUR À LA PLAGE

Aouh tcha tcha tcha...

Faut-il partir en vacances
avec son nouveau mec ?

Tous les dieux de l'Olympe doivent avoir les yeux fixés sur Rosalie, pouce en bas, sourcils froncés. Elle n'aurait jamais dû dire oui, ja-mais… Résumé des épisodes précédents : après s'être fait congédier comme une vulgaire employée par son DAF, elle avait retrouvé sur Tinder un DSI (ne me demandez pas) qu'elle fréquentait depuis un mois. Ils rigolaient bien, faisaient joliment l'amour et partageaient même leur passion honteuse pour les rognons sauce madère. En somme, l'avenir leur souriait de toutes ses dents du bonheur jusqu'à ce qu'il lui dise : « Viens, je t'emmène dans le Sud. »

Elle a applaudi l'idée, gourdasse qu'elle est.

À ce stade d'une relation, une semaine entière, sans aucune respiration, sans un seul petit moment à soi où on peut arrêter de rentrer le ventre et de rire bêtement, c'était de la folie pure. En même temps, c'était raccord : elle était folle de lui. Elle a donc dépensé une somme indécente en fringues d'été et en soins divers. Le jour du départ, elle était prête : dorée aux UV, épilée sous tous les angles, manucurée, pédicurée et très à découvert dans sa nouvelle robe (et sur son compte en banque). Ils se sont retrouvés à la gare, frétillants de joie et d'inconscience.

En posant sa valise dans un minuscule studio situé, contre toute attente, en grande banlieue de Toulon, elle a un peu déchanté, puis carrément flippé quand elle a vu que les toilettes se trouvaient derrière un paravent coulissant. Ça lui a semblé très très juste en termes d'insonorisation. Jusqu'ici, elle avait tout fait pour qu'il la croie génétiquement modifiée : la fille qui n'a aucun besoin naturel, ne transpire jamais, sent toujours bon et ne mange qu'occasionnellement, pour le plaisir. Une constipation féroce l'attendait.

Ça n'a pas loupé, à la fin du séjour, elle regrettait de ne pas avoir acheté des robes de femme enceinte. Mais s'il n'y avait eu que ça, encore… En étant avec lui H24, elle a découvert qu'ils n'avaient pas le même rythme et rarement les mêmes envies, qu'il était un peu radin, très caractériel et que, détail aggravant, sa mère l'appelait tous les jours, deux fois.

Tout ça sur fond de ZEP, à trente-cinq minutes en bus d'une plage polluée. Bref, ces vacances l'ont gonflée dans tous les sens du terme. Résultat, elle l'a quitté sur un quai de la gare de Lyon. Comme quoi, partir en vacances avec son nouveau mec, oui, mais seulement si c'est le bon. Maintenant, si c'est le mauvais, ce stage intensif vous fera gagner beaucoup de temps.

Faut-il redouter
l'épreuve du maillot ?

Bien sûr.

Évidemment.

C'est quoi cette question ?

Je ne comprends même pas qu'on continue à sautiller de joie à l'idée d'aller à la plage. Dès qu'on pose un pied sur le sable, on perd sa dignité aussi rapidement que son bouchon de crème solaire. Comment avoir l'air distingué quand on se crame la voûte plantaire sur le sable brûlant, quand on transpire sa BB crème parce qu'il fait 40 degrés à l'ombre (quelle ombre ?) ou qu'on vide d'un coup la moitié de son écran total dans le creux de sa main ?

On s'allonge enfin, on commence à libérer la naïade qui est en nous, et là, une copine revient de l'eau en rigolant et s'essore les cheveux sur notre dos. Variantes : on prend une balle perdue, un guano de mouette ou le sable d'un seul-au-monde qui secoue sa serviette. Mais tout ça, c'est rien, *peanuts*, peau de balle, non, la pire épreuve que nous réserve la plage, c'est le moment fatidique, la minute éternelle où on se dirige vers la mer. On marche sur la pointe des pieds dans une ultime tentative d'affiner sa silhouette. On voudrait se jeter dans l'eau pour écourter le supplice, mais elle est si froide qu'on y entre en sautillant, ce qui n'arrange rien.

Petite victoire, on arrive à nager jusqu'aux bouées, mais dès qu'on revient près du bord, ça recommence : on se prend le pied d'un ado qui essaie de faire le poirier dans l'eau. Ensuite, à moins de s'appeler Ursula Andress, on sort sans maquillage avec les cheveux collés sur le crâne comme une poignée d'algues, alors on baisse la tête et surtout on s'excuse en slalomant, ruisse-lante, entre les glacières et les bedaines.

Comment garder son glamour à la plage ? Atten-tion, on ne cligne pas des yeux parce que ça va aller très vite : impossible. On peut toujours tenter le côté lionne sauvage assise sur sa serviette, le regard vers l'horizon et la crinière au vent ou louer un transat, faire semblant de lire Nietzsche sous son parasol et ne jamais aller se baigner, mais à un moment, ça nous rattrape : le sable gratte, l'eau mouille et le soleil brûle. Alors profitons, bronzons, nageons, notre ego prendra sa revanche quand on arrivera aux soirées de la rentrée, fine et dorée.

Devrait-on se désinscrire
de Facebook pendant l'été ?

Je n'ai rien contre Facebook, bien au contraire, je trouve ça bougrement pratique, ce petit *Voici* personnel. J'ai des nouvelles de mes amis sans avoir à passer un seul coup de fil. Je sais qui s'est fait tatouer ou cambrioler, je n'oublie plus aucun anniversaire, je n'ai qu'à cliquer sur le pouce levé pour témoigner ma sympathie au plus grand nombre et j'ai même quelques amis engagés qui me tiennent au courant des dernières indignations à la mode, bref « j'aime ».

Ce que « je n'aime plus », en revanche, c'est que le 1er juillet le réseau subit un énorme changement de climat : déferlante d'orteils vernis et de vues de bord de mer ! Mes *amis* sont en vacances et rares sont ceux qui ont le farniente modeste. J'ai droit à tout et surtout à tout ce qu'ils mangent.

Pour info, la plancha a été inventée par les Espagnols au XIXe siècle, il faut donc arrêter de penser qu'un truc cuit à la plancha est automatiquement passionnant et révolutionnaire.

En plus, comme tout le monde a des brouettes de temps à tuer, ça commente dans tous les sens : « Bon ap' », « Merci », « C'est du thon ? », « Non du bœuf », « Ah ouais, dingue, j'aurais dit du thon », « Non non c'est du bœuf »... Je m'étonne de ne pas avoir déjà fait un iPhonicide (plouf, dans la piscine).

Admettons-le, en été, la connerie devient la monnaie officielle de Facebook (en temps normal, la barre est basse, on est quand même sur un réseau qui affiche 26 millions de vues pour un panda qui se roule dans la neige et 1 200 « j'aime » pour « les 16 cadeaux qui feront plaisir aux fans de pingouins »). Allez, pourquoi ne ferait-on pas une pause en juillet-août plutôt que de rafraîchir notre page toutes les dix minutes ?

J'exagère ?

Je ne crois pas, non.

Ceux qui dans les années 1980 m'auraient imposé d'interminables soirées-diapos pourrissent aujourd'hui mon mur de photos de leur voyage à l'autre bout du monde. Tous les jours, j'ai droit à cinq, huit, quinze clichés de marchés exotiques ou d'arbres fruitiers, ce qui a pour effet pervers de déprécier mes vacances sympatoches dans le Limousin (ça, on peut être tranquille, c'est pas près d'Uzerche que je vais poster des photos de manguier). Et le Jérôme Moisain, commercial chez Ricard, qui me fait vivre le Ricard Tour en temps réel ! Et la fille que j'ai croisée une fois il y a deux ans dans une soirée qui change de photo de profil dès qu'elle change de lunettes de soleil !

En plus, c'est la mort des pots-débriefing à la rentrée. On est déjà au courant de tout. Et puis, ça me vieillit ! Je vois bien que mes copains postent beaucoup moins de photos de soirée avec les yeux rouges et la peau luisante et beaucoup plus de photos d'apéros dînatoires.

Allez, déconnexion.

Les vacances, c'est fait pour faire une pause, s'aérer la tête, modifier ses habitudes, partir avec des amis, d'accord, mais quatre ou cinq, pas des centaines.

Avec qui ne faut-il pas
partir en vacances ?

« Partir avec des amis, d'accord », mais il faut bien les choisir. La première coloc estivale à éviter, c'est **la serial-touriste**. Pour elle, les vacances, c'est 10 % farniente, 90 % visites : la basilique de Saint-Maximin, les villages perchés du pays de Fayence, le château féodal d'Ollioules... Chaque jour, elle trouve une occasion de transpirer à la verticale alors que vous n'aspirez qu'à vous prélasser à l'horizontale. Et le pire, c'est qu'elle finit par vous culpabiliser ! Résultat, vous l'accompagnez au musée du Chapeau et flinguez un après-midi de bronzette pour voir deux canotiers, un haut-de-forme et trois panamas qui prennent la poussière dans un hangar.

Oubliez aussi **le sportif impénitent**. Quand vous émergez à 11 heures du matin, avec de la vodka solidifiée dans le cerveau, il a déjà fait son footing, ses longueurs et, joie, il a vu que, dans le coin, on pouvait s'essayer à la pirogue polynésienne ! Pour la sérénité de vos bourrelets, épargnez-vous ça.

Je vous déconseille aussi vivement **le radin** (parce qu'il passera la semaine à tenir les comptes sur un petit carnet, tout y sera noté, même les cinquante centimes qu'il vous aura prêtés pour arrondir votre location de transat), **la control-freak** (parce qu'elle fera tout, rangera tout, cuisinera tout et finira par vous le reprocher), **la dépressive** (parce qu'elle ne pourra pas regarder un vol de mouettes sans vous dire qu'elles vont caguer sur les parasols), **le summer pacha** (parce que son seul effort physique sera de mettre les pieds sous la table), **les jeunes parents** (parce que vous vous exposerez au risque qu'ils viennent avec leurs jeunes enfants), **les copains en instance de divorce** (parce que vous passerez vos vacances à jouer le Décolor Stop du couple) et enfin **le food detective** (parce qu'il passera, lui, ses vacances à traquer gluten et huile de palme alors que vous aviez prévu de gober des Curly en buvant une bonne bière).

Attention, il reste un genre de pote dont il faut se méfier particulièrement, c'est **le fêtard**. Si, si. Il veut toujours sortir, danser, boire, rencontrer du monde... Au début, c'est sympa, mais le soir où vous proposerez une partie de Trivial Pursuit avec une tasse de pisse-mémé (c'est du vécu, merci de ne pas juger), il vous dévisagera avec mépris.

Si vous êtes en vacances, n'hésitez pas à lire cette page à voix haute autour de la piscine. Ça devrait mettre de l'ambiance.

En été, peut-on coucher local ?

« Cet été, je me tartine d'indice 50, je nage au moins une demi-heure par jour, je lis les bouquins qui se sont empilés toute l'année sur ma table de nuit et je ne débarque pas au Macumba comme un sanglier en minijupe. » On se l'est toutes dit à un moment ou à un autre dans notre vie... jusqu'à ce que, les lèvres glossées, on goûte au cocktail maison de la discothèque locale.

En moins d'une heure, notre enthousiasme a triplé de volume. On danse sur Gilbert Montagné comme si c'était Bruno Mars, on picole, on rigole, on fait des déclarations à nos potes et tout à coup, crac, la bascule diabolique : on repère un mec au bar. Grand, bronzé, musclé, un vrai produit local !

On n'ondule plus que pour lui. Il capte le signal. En même temps, entre nos œillades et notre choré de strip-teaseuse bon marché, c'est comme si on lui mettait des coups de corne de brume dans l'oreille.

Rapprochement physique.

Il s'appelle Jipé, a un petit diamant à l'oreille et les cheveux cartonnés de gel, mais MEEERDE ! ON N'A QU'UNE VIE (ça me semble une raison suffisante pour ne pas en faire n'importe quoi, mais allez dire ça à une fille qui a le sang coupé à la téquila).

Le lendemain, alors qu'on cuve autour de la piscine, on décide de rappeler l'autochtone, pour voir. À partir de là, on bifurque dans une réalité parallèle : on a 30 % chez sa copine Nadine qui vend plein de marques sympas sur le port, on reste chez son pote Marco après la fermeture – quand on a le droit de fumer à l'intérieur – et on rentre gratuitement en boîte. Jipé a une planche de surf et aucune ambition professionnelle. Ça change des mecs à qui on demande tout dès le premier rendez-vous. Lui, c'est une parenthèse, une récréation, il peut être imparfait et il ne s'en prive pas.

Le troisième soir, il se met une race humiliante (surtout pour nous) et dès le lendemain, on se rend compte que Nadine n'a que des invendus de vieilles collections et que chez Marco, on ne fait pas que fumer après la fermeture, on vomit aussi et on se tape dessus. Coup de grâce, on découvre que Jipé drague tous les week-ends au même endroit depuis son adolescence.

Flippant.

Reste à espérer qu'il ne mette pas des numéros... ou des notes.

En même temps, comme on est loin de tout, le rapport actes/conséquences est idéal pour faire des expériences. De toute façon, ça ne sera jamais inutile puisque ça fera toujours rire les copines à la rentrée.

En vacances, faut-il faire l'amour dans des endroits insolites ?

L'été dernier, Adrien m'a convaincue de passer une semaine au camping. Je ne sais pas comment il a fait. Je dois être encore plus amoureuse que je ne le pense. Il m'avait déjà attirée dans un club naturiste et voilà que j'acceptais de remettre le couvert en plastique en Ardèche, avec des copains qui ont deux enfants en plus !

En arrivant, j'ai failli fondre en larmes. Le camping était installé sur un site en escaliers. Pour descendre jusqu'à la mer ou monter jusqu'aux toilettes, il fallait fournir un effort physique parfaitement incompatible avec ma conception des vacances. Les emplacements étaient collés les uns aux autres, la buvette aussi conviviale qu'une pissotière d'aire d'autoroute et les douches, rongées par le calcaire, crachotaient une eau tiède et odorante.

Le premier matin, je me suis réveillée à l'aube à cause de cette pute de tente (50 % occultante 50 % cabine d'UV). J'avais des courbatures dans des muscles inconnus, les piqûres de moustiques me faisaient des bras de junkie et je m'apprêtais à passer la journée avec Théo (3 ans, période du « Non ») et Élisa (8 ans, période « Même pas en rêve »).

Inspiration. Expiration.

Qu'est-ce que je pouvais faire – à part la gueule je veux dire : je n'allais tout de même pas rentrer à Paris ? Non, j'ai pris sur moi, fortement aidée par la bière du midi et le rosé du soir. Xavier – qui n'a pas que des enfants capricieux, qui a aussi des qualités – nous a préparé des tournées de caïpirinhas et, miracle de l'ivresse, j'ai fini par oublier que les voisins faisaient griller des sardines au barbecue, que la pinède abritait des millions d'insectes malfaisants et qu'à un moment, j'allais forcément me retrouver accroupie derrière la tente avec du papier toilette roulé en boule dans la main.

On est allés se coucher vers 1 heure du matin. On était tout popoches, Adrien et moi, du coup on n'a pas du tout géré le volume quand on a commencé à faire l'amour. J'ai gémiiiii, il a groooooogné, j'ai gémiiiii, il a groooooogné, même le matelas gonflable s'y est mis. On a joui quasiment ensemble et on s'est effondrés l'un sur l'autre. C'est là que la honte nous a frappés de plein fouet : des gens ont applaudi.

Ça venait de dehors et pas que d'un seul endroit. Quelqu'un a même lancé un « Bravo » ! Je me suis ratatinée, avec l'impression d'être nue au milieu d'une foule hilare.

#ausecours #lahonte #cauchemardeCM2

Méfions-nous des vacances donc. On est loin de ses repères, on s'alcoolise au soleil, on peut vite se retrouver les fesses à l'air dans un champ de tournesols, une grotte, un phare en ruine, une Opel Astra de location, un sauna au sous-sol d'un hôtel à Rome ou les toilettes de l'abbaye de Montmajour à Arles (toute ressemblance avec des baises ayant existé serait purement fortuite).

Comment supporter
d'être au boulot en plein été ?

C'est cruel de passer les vacances à travailler comme un termite. On se sent menotté à notre bureau, tandis que notre boss nous lapide de mots comme « *crowdfunding* » ou « *benchmarking* » et pendant tout ce temps, la fenêtre nous hurle qu'il fait beau ! L'air est chaud, le ciel est bleu, le soleil aveugle les touristes en tongs. C'est un temps à bondir de sa chaise pour faire la roue sous les brumisateurs ! Mais on ne le fait pas parce qu'on a ce qu'on appelle une « conscience profession-nelle » (ingrédient essentiel au burn-out). Alors on courbe l'échine et on augmente la clarté de notre écran en espérant que ça remplace une séance de luminothérapie.

Les plus chanceux partent en août et n'ont plus que quelques semaines à liker nerveusement des photos de thon à la plancha. Les autres, ceux qui n'ont pas de congés du tout, rien, même pas un RTT bien placé pour striker cinq jours de bains de soleil, ceux-là vont devoir adopter quelques gestes d'hygiène mentale.

Déjà, on vire les vieux gels douche qui s'amoncellent dans notre salle de bains et on achète un shampoing à la fleur de tiaré, un gel Virgin Mojito et un exfoliant à la noix de coco. On prend aussi une huile de monoï pour cheveux pour un effet « vacances en spray » garanti. Les plus audacieux organiseront un petit barbecue entre midi et deux sur leur lieu de travail. Il faut évidemment avoir accès à un toit-terrasse ou, au minimum, à une courette, l'idée n'étant pas d'enfumer le patron comme un renard. Boire du rosé à la machine à café peut aider. Une plage des Caraïbes en fond d'écran est hautement recommandée. Il faut également manger du melon au moins une fois par jour, porter un chapeau de paille dès que la situation le permet, expédier les copains vacanciers qui appellent vers 15 heures avec la voix qui traîne (typique du mec qui s'ennuie au soleil) et ne pas répondre au collègue qui demande : « Le jeu de pétanque, tu penses que ça passe en bagage cabine ? »

Enfin, on y revient : on évite Facebook. Vous manquerez quoi ? Des orteils en éventail accompagnés de phrases aussi profondes que « Ici, j'existe… » ? Je pense que vous saurez vous en passer.

La rentrée, finalement,
c'est si terrible que ça ?

J'aime bien les vacances, mais passé les premiers jours, je commence invariablement à sentir grimper l'indice du chiant. Dormir, manger, discuter, bronzer, s'immerger, manger, boire, lire, bronzer (Tu viens visiter le château – Non merci), bronzer, s'immerger, lire, manger, discuter, boire, jouer aux cartes, boire, boire, dormir. On a un peu l'impression d'avoir rayé un disque de Carlos, chemise hawaïenne et bonne humeur végétative. C'est sympa deux secondes, mais il ne faut pas que ça s'éternise (je suis une écervelée qui aime la rentabilité, on n'est pas à une contradiction près).

Du coup, je ne fais pas partie des gens qui redoutent la rentrée, au contraire. Cette année, j'ai adoré retrouver notre appartement. Nos petites affaires, nos meubles vintage, nos toilettes. En plus, j'ai pu enfin me débarrasser d'une inquiétude, qui tout le séjour est restée allumée dans ma tête comme une veilleuse : avais-je bien fermé le gaz ? Comme mes connaissances en physique me permettent tout juste de faire bouillir de l'eau, j'ai passé de longues minutes au bord de la piscine à chasser des images d'explosions et d'asphyxie collective. Autre joie à porter au crédit de la rentrée : l'écran plasma, les ordinateurs portables et tous nos disques durs n'attendaient pas en transit chez un receleur, ils étaient encore là, à la place exacte où on les avait laissés.

Et puis quelle jolie période, ce mois de septembre ! Il fait encore assez chaud pour prendre l'apéro en terrasse. On descend des kirs en écoutant Sophie raconter son trekking en Islande ou Babeth décrire les pectoraux de Yohan, videur à Saint-Jean-de-Luz. Tout le monde est reposé, plein d'énergie, armé jusqu'aux yeux de bonnes résolutions. Et en plus, on est beau : la peau bronzée, les cheveux dorés par le soleil. On sait que tout ça va partir dans le siphon de la baignoire, mais on fait durer le plaisir.

La rentrée, c'est aussi l'occasion de rouvrir un journal et l'assurance de ne plus se retrouver en pleine nuit, nu sur son lit, tyrannisé par les moustiques et la chaleur. C'est aussi le moment rêvé pour arrêter de boire, au moins le midi. (Rappelons que l'alcoolisme doit rester un délire de vacances.)

9

L'AMITIÉ

Vaste programme...

Que faut-il penser
quand « nourrisson »
rime avec « dépression » ?

Je vous l'ai dit, Léa a traversé une grosse zone de turbulences à la naissance de son fils. Elle ne s'est pas contentée d'un baby blues réglé en deux crises de larmes, non, elle nous a fait une énorme, une sévère, une explosive dépression post-partum.

— J'ai l'impression d'avoir pris la pire décision de ma vie, chuchotait-elle en jetant des regards apeurés en direction du berceau.

Quand une mère pense ça de son nouveau-né, c'est plutôt mauvais signe (je devrais enseigner la psychologie à l'université).

Selon une enquête réalisée par la Sofres pour Enfance et Partage, la dépression post-partum touche plus d'une maman sur dix, pourtant elle reste un tabou. Pourquoi ? La honte, la culpabilité… mais de quoi putain ?! DE QUOI ?!

Prenez une femme qui a l'habitude de disposer de son temps libre, qui a les cheveux propres, les ongles vernis et aucune tache de régurgitation sur ses vêtements, une femme active qui, en sortant du boulot, peut accepter un dîner à la dernière minute : faites-la grossir pendant neuf mois, bombardez-la de nausées, de reflux et de gaz, faites-la accoucher dans la souffrance et la terreur, puis collez-lui dans les bras un être minuscule qui menace de mourir à la moindre faute d'inattention. Elle sourit toujours ?

Flanquez-lui des hémorroïdes, empêchez-la de dormir, réduisez son horizon à des problèmes de cacas mous et mettez-lui la pression pour qu'elle allaite, même si son enfant ne grossit pas et qu'elle a les tétons et les nerfs à vif. Elle sourit encore ?! !

Rappelez-lui que maintenant, ça y est, elle est vieille, vieille, vieille et colossalement responsable. Et enfin, faites pleurer son enfant, beaucoup, de préférence pour rien, et en pleine nuit. Ça devrait avoir raison de ses derniers lambeaux de béatitude.

Vous les traumatisées de la maternité, les effarées de la mise au monde, n'ayez surtout pas honte, si ça se trouve, vous êtes juste plus lucides que les autres.

Peut-on tout dire
à une jeune maman ?

Non. Et faire attention à ce qu'on dit à une jeune maman ne relève pas de la délicatesse, mais de l'instinct de survie. Je l'ai appris avec Léa qui va beaucoup mieux aujourd'hui... mais bon, quand même, méfiance.

Depuis qu'elle est maman, elle ne capte plus. Panne de réseau, et ça la rend nerveuse. Elle cherche ses mots et perd ses idées en cours de route. Elle n'a plus accès qu'à son cerveau reptilien qui lui permet d'accomplir des tâches simples comme respirer, nourrir son enfant ou engueuler son mec qui n'en fout pas une rame. Il faut dire qu'il travaille dans le Sud quatre jours par semaine, ça n'aide pas. La majeure partie du temps, elle est donc seule avec un petit être qui hurle dès qu'il n'est pas ventousé à sa poitrine.

On peut donc comprendre que quand sa voisine est descendue pour se plaindre du bruit, Léa a pété les plombs. Elle venait de passer deux heures à bercer son fils mécaniquement. Chaque fois qu'il fermait les yeux, il suffisait qu'elle s'arrête dix secondes pour que l'alarme se déclenche à nouveau. Elle avait enfin réussi à le poser dans son lit avec une précision de démineur et, miracle, il dormait ! Il était 23 heures, elle allait pouvoir changer son tee-shirt cartonné de lait séché, dévorer une cuisse de poulet debout devant le frigo et disposer d'un quart d'heure entier avant de s'écrouler sur son matelas. Vertigineux programme.

C'est là que la voisine a sonné, deux fois, très fort et très longtemps, comme si elle avait appris à se servir d'une sonnette à l'École nationale supérieure des officiers de police. Le petit s'est remis à pleurer, évidemment, il ne lui en fallait pas plus pour comprendre qu'il venait de se faire avoir. Léa a senti couler dans ses veines de la fureur en fusion. Elle s'est ruée vers la porte et l'a ouverte avec une violence radioactive. La voisine était là, la tête haute et la bouche pincée. Elle n'avait même pas pris la peine d'enfiler quelque chose sur son pyjama, tant elle est fière de montrer qu'à cette heure, certains aimeraient dormir. Quand son regard a percuté celui de Léa, elle a quand même eu un peu de mal à le formuler. De toute façon, Léa n'a pas attendu la fin de sa phrase pour aboyer :

— ET MOI ?! VOUS NE CROYEZ PAS QUE J'AURAIS PU MONTER, SAMEDI DERNIER, QUAND JE VOUS AI ENTENDUS BAISER TROIS FOIS DE SUITE ?!

La voisine est devenue livide.

Elle n'était pas chez elle samedi dernier.

Elle était à Valenciennes.

Au chevet de sa mère.

Mourante.

J'aimerais vous dire que Léa l'a invitée à boire une tisane et lui a tendu un lange pour sécher ses larmes. J'aimerais... Au lieu de ça, elle l'a dévisagée (on a fait le tour ?) et lui a claqué la porte au nez.

Les hurlements ont repris, aussitôt, et pas seulement dans l'appartement de Léa.

Doit-on abandonner ceux qui s'abandonnent eux-mêmes ?

Oui. C'est un conseil que nous donne Shakespeare dans *Antoine et Cléopâtre*, un conseil éclairé, mais qui s'avère souvent difficile à suivre. On a tous été confrontés, au moins une fois dans notre vie, à cette situation compliquée : une amie va mal, très mal, elle appelle à l'aide, on lui tend la main (normal, *duty call*) et là, elle ne la lâche plus.

On est d'astreinte jour et nuit, elle téléphone à n'importe quelle heure, elle pleure, ressasse, on lui parle, on la raisonne, on pense qu'on a trouvé les mots, que cette fois les choses vont s'améliorer, mais non, deux jours plus tard, ça recommence exactement pareil, comme si les cinq, dix, quinze dernières discussions n'avaient jamais eu lieu. On a l'impression de devenir dingue, d'être coincé dans une boucle temporelle, sans compter que son chagrin fait tache d'huile. Progressivement, notre quotidien s'assombrit. On se sent impuissante et presque coupable d'aller bien. Non seulement elle ne nous lâche pas la main, mais elle nous entraîne vers le fond... et elle ne veut pas aller voir de psy... et elle a arrêté de travailler... et elle refuse de prendre des médicaments... et elle fume comme un pompier... et elle a envoyé ce putain de mail qu'on lui avait interdit d'écrire... et AAAAAAAHHHH !!!

En toute modestie, je suis d'accord avec Shakespeare : il faut abandonner ceux qui s'abandonnent eux-mêmes. Pas tout de suite, bien sûr. En amitié, on a tous un carnet de coupons « grosse tristesse ». On peut les utiliser quand on veut. Ça nous donne droit à un certain nombre d'heures d'écoute, de conseils et de réconfort, mais il y a des limites à ne pas dépasser. Quand quelqu'un n'essaie même plus de s'en sortir, qu'il se laisse couler comme un poids mort, alors je pense (mais ça n'engage que moi et mon nombril) qu'il faut le laisser tomber.

Le bonheur n'est pas un état naturel. Chaque sourire est le résultat d'un micro-effort pour aller bien. Vous êtes heureux ? Bravo ! Vous pouvez être fier de vous ! C'est que vous vous êtes astreint au quotidien à prendre les choses du bon côté, à surmonter vos contrariétés, vos déceptions et vos peurs, à vous construire une vie qui vous plaît. Alors, faites-moi plaisir, préservez-la.

Si vous craignez d'être égoïste en lâchant votre copine dépressive, essayez de vous rappeler la dernière fois qu'elle vous a posé une question sur vous... Ça remonte, hein ?

Avec un peu de chance, votre réaction lui fera un électrochoc, sinon partez la conscience tranquille : ce n'est pas vous qui n'avez pas su en donner assez, c'est elle qui en demandait trop.

Peut-on boire
et bien se conduire ?

C'est compliqué.

Même le champagne qui est archiconnu pour ne pas tacher peut laisser des traînées jaunâtres sur votre réputation.

Par exemple, cette année, je suis rentrée de ma soirée Halloween en titubant. J'avais bu, bu, bu pour oublier qu'Adrien était parti bosser trois semaines au Brésil et que je venais d'avoir mes règles. Du bloody mary me coulait dans les veines et, en termes de classification des espèces, je me sentais au-dessous du lombric. Il faut dire que mes cheveux avaient pris feu sur une bougie et qu'un copain m'avait éteinte en me tapant sur la tête avec son masque de *Scream*. À peine arrivée chez moi, je me suis effondrée sur mon lit.

Black-out total jusqu'au lendemain midi.

En ouvrant péniblement un œil, je me suis rendu compte que j'avais dormi avec mes lentilles blanches. J'ai passé une bonne partie du dimanche aux urgences ophtalmologiques de l'Hôtel-Dieu.

Je pensais au moins avoir décroché le titre de « l'alcoolique du mois », mais même pas, Rosalie avait fait mieux puisqu'elle avait fait pire.

Son père venait de se faire opérer d'une hernie, elle est donc allée l'embrasser et en a profité pour passer le week-end à Angers. Elle a traîné tout le samedi après-midi dans le décor de son adolescence (Tiens, ils ont ouvert un Marionnaud ici ?) et le soir, après avoir saucé l'incomparable blanquette de sa mère, elle s'est dit : « Et si j'envoyais un texto à Angèle ? » Trois heures plus tard, elles se claquaient quatre bises devant le Délirium. Le videur n'avait pas changé, enfin disons plutôt le videur *était le même* parce que, physiquement, il avait changé. Il avait grossi, perdu une bonne partie de ses cheveux et la totalité de son charme. Dire qu'elle l'avait envisagé, et plus d'une fois... Il ne s'est pas souvenu d'elle. C'était blessant, mais pas très grave, au Délirium, si tu es une fille, tu rentres de toute façon.

Ce qui n'avait pas bougé non plus, c'était la moyenne d'âge. Elle s'est sentie vieille et s'est dépêchée d'aller prendre un verre. À la première gorgée, tout est rentré dans le désordre : elle s'est mise à danser, boire, discuter, boire, repérer un mec en chemise bleue, boire, boire, boire... À 3 heures du matin, alors qu'elle lui roulait une énième pelle sur la piste de danse, elle a ouvert les yeux et a sursauté. Chemise Bleue était assis sur une banquette en train de la fixer. Le Choc. Mais du coup, qui embrassait-elle ? Vérification :

un autre ! Et elle ne se souvenait de rien, aucun changement, aucune interruption !

Ce qui lui a vraiment valu le titre, c'est qu'elle a pris un air dégagé pour aller s'asseoir à côté de Chemise Bleue (On en était où ?).

Non, décidément, il est très difficile de combiner alcool et dignité.

En attendant, Chemise Bleue s'appelle César et il vient de changer son statut Facebook pour annoncer qu'il est en couple avec Rosalie. Les amateurs de Claude Sautet apprécieront.

Comment différencier
la routine du désamour ?

J'ai dîné avec Marthe, vous savez la Marthe de
« Marthe et Dario », le couple qui attend d'être chez
vous pour se déliter. Elle a critiqué son mec en
buvant son apéro, en avalant ses tomates-mozza,
en levant les filets de sa truite saumonée et en
brisant le caramel de sa crème brûlée. J'ai eu le
droit à l'égoïsme de Dario, au machisme de Dario,
au manque de fantaisie de Dario, à leur anti-vie
sexuelle... Quand nos décas sont arrivés, elle m'a
demandé « Et toi ? » (pour reprendre son souffle,
j'imagine). Je ne me suis pas étendue. Malgré ses
déplacements fréquents et nos multiples tests de
grossesse négatifs, ça se passe tellement bien avec
Adrien, j'aurais eu l'air de me vanter.

Sur le trottoir, elle en a remis une couche sur
le thème « Dario mauvais père », c'est là que je lui
ai posé la question qui a amoché notre amitié :

— Mais heu... tu l'aimes encore... je veux
dire... tu l'aimes encore ?

C'est comme si je lui avais craché au visage. Seize ans de vie commune, trois enfants, bien sûr qu'elle l'aimait encore ! Seulement :

— L'amour, vois-tu Marion, c'est beaucoup plus compliqué que ça.

Elle m'a claqué une bise sèche et s'est engouffrée dans son Uber. Exit Marthe. Je suis restée debout sur mon bout de bitume, les bras ballants, à me demander si elle était dans le déni ou si l'amour était vraiment plus compliqué que l'idée joyeuse que je m'en faisais.

Je comprends qu'après seize ans de gastros, de dîners de famille et d'orgasmes monotones, la surprise soit un peu éventée, mais quand même ! Pour Marthe, passer un moment seule avec Dario semble constituer une pénitence. Un dîner aux chandelles ? Un week-end en amoureux ?

— Pour quoi faire ? On se voit tous les jours, on n'aurait rien à se dire.

Elle est presque soulagée quand il part en voyage d'affaires. Elle n'a jamais l'air fière de lui. Le soir, quand elle entend sa clé dans la porte, elle se demande ce qu'elle va bien pouvoir lui reprocher... Je veux bien que la routine use, mais à un moment, quand ça a la couleur du désamour, le goût du désamour, n'est-ce pas du désamour ?

Après une courte réflexion, je me rends compte que je n'ai pas de réponse puisque l'amour est effectivement plus compliqué que ça, surtout quand il est assorti d'enfants.

Maintenant, pour que cette page ne serve pas qu'à allumer le feu, j'en profite pour passer un message aux copines qui critiquent leur mec à jet continu : si vous faites ça pour qu'on le défende, sachez qu'on sera plus disposé à en dire du bien si vous n'en dites pas tout le temps du mal.

Comment réussir
son coming out ?

Ma copine Floriane a décidé d'annoncer à ses collègues qu'elle est homosexuelle. Elle a choisi la pause déjeuner pour opérer en terrain neutre, dans un climat détendu. Le self était un peu tristounet, elle aurait préféré un décor plus festif mais elle n'allait pas les emmener dans un bar lesbien non plus. La cantine ferait parfaitement l'affaire (en plus, ce jour-là, il y avait des frites). En s'attablant en face de Coralie, elle pensait encore que son coming out n'était qu'une formalité, une formalité nécessaire pour pouvoir s'épancher à la machine à café, mais une formalité. En jetant un œil à la méchante Maude, elle s'est dit que ça pouvait attendre le plat de résistance. En écoutant Jean-Paul critiquer tout le monde à voix basse, elle a laissé traîner jusqu'au dessert. Des années qu'elle fréquentait ces gens sans rien leur raconter de sa vie amoureuse. Ils la considéraient tous comme une vieille fille sympathique qui ne devait pas avoir eu beaucoup de chance avec les hommes (et pour cause), il était temps que ça change.

Elle a lâché l'info alors que Jean-Paul se levait pour débarrasser son plateau. Il s'est rassis illico. Floriane ?! Homo ?! Incroyable... Floriane avait donc une vie sexuelle ?!

Jamais elle n'a eu une telle qualité d'écoute. Du coup, elle ne s'est pas arrêtée à l'annonce de base (Au fait, j'aime les femmes, voilà... Qui sort fumer une cigarette ?), elle s'est confiée, racontée, elle a rattrapé toutes ces heures où elle n'avait fait qu'écouter en hochant la tête. Elle a même promis de leur présenter sa copine qui venait justement la chercher au boulot le soir même. Sauf qu'elle n'est pas venue. Jamais. C'est le jour qu'elle a choisi pour la quitter.

Aujourd'hui, ces co-*workers* la regardent comme une vieille fille sympathique qui n'a pas beaucoup de chance avec les femmes. C'est beaucoup plus confortable pour elle.

Comment gérer une copine qui devient (très) pénible ?

Ma cousine Murielle est étiquetée « en couple » depuis qu'elle a 21 ans, donc forcément, maintenant qu'elle est divorcée, elle se lâche. Elle s'habille court, rit fort et veut sortir. Malheureusement, ce n'est pas un train de retard qu'elle a sur sa bande de copines, c'est tous les transports ferroviaires de France. Je suis peut-être une « vieille peau », comme elle adore le répéter, mais je n'ai plus aucune envie de sortir jusqu'à l'aube.

1. Je mets une semaine à récupérer.
2. Je ne tiens plus l'alcool fort.
3. Je suis maquée.
4. Je l'ai fait, fait et refait et j'ai compris que passé 2 heures du matin, la soirée radote.

J'ai essayé de lui expliquer, mais elle est en mode « revanche », la Mumu. L'amour lui a volé sa vingtaine. Elle n'a pas connu les baisers à la téquila sur la piste de danse, quand on ne sait plus si on s'enlace ou si on s'agrippe à l'autre pour ne pas s'effondrer. Elle veut son réveil hirsute dans le lit d'un inconnu. Elle veut son homme marié qui va la faire attendre et bien la décevoir. Elle veut être Bridget Jones, Carrie Bradshaw, Hannah Horvath... Elle en a marre d'être sa mère !

Du coup, elle sort tous les soirs, et comme aucune de nous n'arrive à suivre, elle se fait plein de nouvelles copines comme Chloé-la-styliste-trop-sympa qu'elle a rencontrée en fumant une clope devant un club à la mode. Ah oui, parce qu'elle s'est mise à fumer aussi. Elle tient sa cigarette avec son majeur et son index bien tendu en aspirant bien fort. Et puis elle parle de cul. Sans arrêt. On est plus proche du syndrome de Gilles de la Tourette que de la confidence. J'ai droit à des détails qu'on est censé ne donner qu'à son psy ou à sa gynécologue.

Bien sûr, elle sort avec des pelletées de tocards et m'appelle à minuit pour me lire leurs textos. Elle s'indigne, elle se plaint, mais je sais bien qu'au fond, elle s'éclate. C'est enfin son tour. Quinze ans qu'elle écoute nos histoires, qu'elle nous conseille, qu'elle nous console, quinze putains d'années qu'elle incarne l'amour et que chacune de ses phrases sur le couple porte une longue barbe. Aujourd'hui : c'est terminé ! C'est le grand retour de la pucelle à couettes ! Autant dire que je ne peux pas lui parler de moi – crédits épuisés – elle est focalisée sur son nombril (qu'elle pense sérieusement à se faire percer).

Est-ce que je lui ai fait subir tout ça pendant des années ? Sûrement. Alors, j'encaisse, je souris, je l'écoute, je l'accompagne même danser parfois, bref, je la soutiens dans cette période si désespérément heureuse.

Faut-il suivre
tous les conseils de ses copines ?

Sophie a réussi à toutes nous réunir chez elle, une prouesse quand on sait qu'on a chacune au moins un enfant, un boulot, un prof de yoga ou un amant. Elle était ravie, elle n'aurait pas dû. On avait décidé d'en profiter pour la secouer comme un shaker.

Depuis Arnaud, elle était célibataire. D'accord, il l'avait larguée dans des conditions catastrophiques pour son amour-propre, mais vivre avec des regrets, c'est comme chiffonner ses souvenirs (phrase à vocation poétique). Il fallait qu'on intervienne avant qu'elle achète un chat et ne jette plus ses culottes trouées.

On est arrivées armées de bouteilles de champagne (qui est aux discussions difficiles ce que la péridurale est à l'accouchement). Même pas le temps de sortir les forceps, c'est elle qui a mis le sujet sur la table : elle était raide dingue de son nouveau voisin de palier. On a eu beau la mettre en garde – jamais avec son voisin, jamais, relation à haut taux d'usure, risque de séparation purulente – elle était partie tellement loin dans le fantasme qu'on a changé notre fusil d'épaule.

OK, mais elle n'allait pas nous la faire à l'envers : il fallait agir !

— Je demande que ça, mais...

— Maintenant !

C'est comme ça qu'elle est partie sonner chez lui avec le sourire qui tremble et les jambes en pâté de foie. Nous avions élaboré un plan diabolique : lui emprunter un ouvre-bouteille (plus original que du sel, plus festif que du liquide vaisselle).

Le truc qu'on n'avait pas prévu, c'est qu'elle revienne avec lui... Là, misère, on s'est rendu compte qu'on n'avait pas une seule bouteille de vin à déboucher, que du champagne, déjà ouvert en plus. Elle est passée derrière son bar, s'est mise à fouiller dans ses vieilles bouteilles qui prenaient la poussière grasse sous le plan de travail.

— Je ne comprends pas... Je l'ai sortie pourtant... Hein les filles... Vous l'avez vue comme moi ?

L'alcool n'aidant pas, on s'est toutes mises à glousser, ce qui a dû accentuer le côté guet-apens. Le mec est resté cinq minutes pour ne pas avoir l'air de fuir, puis il a fui.

Moralité : il faut toujours écouter ses copines. À l'heure où j'écris ces mots, ils ont fait un trou à la masse dans le mur du salon et ils parlent de partir faire le tour du monde à pied (soit dit en passant, c'est effarant, on est cerné par les fans de randonnée).

10

LE RAPPEL

Cessez d'applaudir... C'est gênant...
Ok, je ne résiste pas au plaisir
de passer encore trois minutes avec vous.

Que peut-il se passer
en trois minutes ?

En trois minutes, dans le monde, 750 bébés naissent et 321 personnes meurent (je vous laisse faire le calcul, mais le prix du mètre carré à Paris n'est pas près de baisser) ; 7,3 milliards de cœurs battent en même temps ; 9 crimes violents sont commis aux États-Unis et 6 voitures sont volées ; un Terrien gagne en moyenne 0,013 dollar pendant qu'Oprah Winfrey se fait 1 569 dollars (amis de la démagogie, bonjour) ; 1 080 éclairs frappent la terre qui, par ailleurs, tremble 15 fois ; 6 millions de personnes regardent du porno pendant que 250 000 font l'amour de 250 000 façons différentes ; plus de 31 millions de sacs plastique sont distribués ; 174 avions décollent et presque autant atterrissent ; 167 barils de pétrole sont utilisés ; 1 140 requins sont massacrés et 54 humains meurent de faim (meurent vraiment, pas comme Nadine de la compta qui prend sa pause déj parce que « c'est pas tout ça, mais je meurs de faim »).

Sur Internet, on peut raisonnablement dire que cette poignée de secondes est bien exploitée aussi puisqu'il y a 7,2 millions de recherches Google et 2 millions de connexions sur Facebook ; 1 583 000 photos sont partagées sur Snapchat ; 62,4 millions de messages sont échangés sur WhatsApp ; près de 3 millions de profils sont « swipés » sur Tinder ; 114 000 heures de musique sont écoutées sur Spotify ; 208 000 heures de films sont visionnées sur Netflix ; 4 167 courses sont commandées sur Uber ; 8 millions de vidéos sont regardées sur YouTube ; 360 inscriptions sont confirmées sur LinkedIn ; il y a 114 582 nouveaux posts sur Instagram et 1 million de nouveaux tweets (il faut arrêter de dire que nous sommes dans un monde individualiste où plus personne ne communique).

De mon côté, je m'assois sur le rebord de ma baignoire. Trois minutes passent. En France, 6 900 jambon-beurre sont engloutis, ainsi que 3 750 hamburgers et 210 kebabs ; 90 smartphones sont achetés par des gens qui aspirent tous à être uniques ; 37 500 Français attendent devant le micro-ondes que leur barquette de riz cantonais, leur reste de poulet tikka ou leur tasse de thé arrêtent de tourner ; 210 000 euros sont investis dans les jeux d'argent par des optimistes qui rêvent de palmiers, de cocktails et de piscines à débordement ; 27 000 euros sont dépensés par des célibataires qui espèrent trouver l'amour ; 540 préservatifs sont achetés par des gens qui espèrent le faire ; 120 bouquets de roses sont vendus aux plus romantiques d'entre eux ; 15 000 litres de vin sont bus par plaisir, par besoin ou par habitude.

Pendant ces 180 secondes, je cligne des yeux 60 fois, 360 000 de mes cellules meurent naturellement et j'apprends que je suis enceinte.

Remerciements

Je tenais à remercier Richard Ducousset et Francis Esménard de m'avoir renouvelé leur confiance, la délicieuse Maëlle Guillaud pour ses précieux conseils en matière d'écriture et de cuisine italienne, et toute l'équipe d'Albin Michel où il fait si bon écrire.

Merci à Zoé Niewdanski et à toute l'équipe de J'ai lu. Merci pour cette nouvelle tournée de vodka en format shot !

Un grand merci aussi à toutes les copines qui m'ont inspiré ce livre (malheureusement, la décence m'interdit de les citer).

Table

11969

Composition
NORD COMPO

*Achevé d'imprimer en Slovaquie
par NOVOPRINT SLK
le 4 juin 2018*

Dépôt légal juillet 2018
EAN 9782290154946
OTP L21EPLN002326N001

ÉDITIONS J'AI LU
87, quai Panhard-et-Levassor, 75013 Paris

Diffusion France et étranger : Flammarion